# 僕の神さま

芦沢 央

角川文庫
24029

CONTENTS

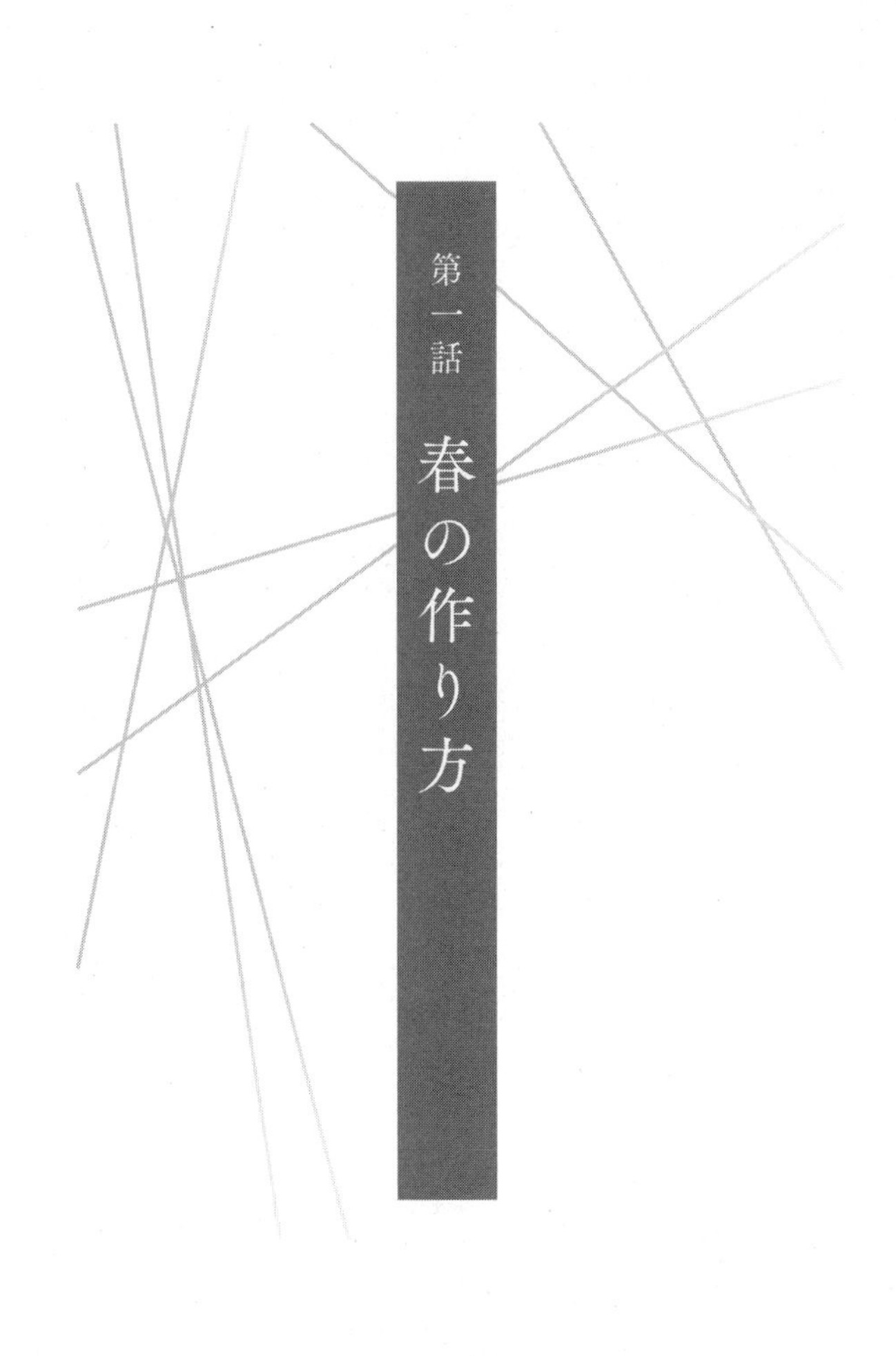

# 第一話
# 春の作り方

牛乳を取ろうとした手の甲に、何かが当たった。

落ちてきた瓶が、スローモーションのようにゆっくりと宙を舞う。

その動きを、目は追っているのに、腕が少しも動かない。どん、という衝撃が足の裏から響いてきて、あ、という叫び声が喉の奥に吸い込まれた。

——中身がこぼれてしまっている。

僕は居間の奥の和室を振り向いた。

だが、昼寝をしているおじいちゃんには今の音が聞こえなかったのか、起き出してくる気配はない。

床に散らばってしまったのは、おばあちゃんが作った桜の塩漬けだった。

——どうしよう。

おばあちゃんが桜の塩漬けを作るようになったのは、おじいちゃんが校長先生を定年退職して数年経ってからだった。

きっかけが何だったかは僕も覚えている。おじいちゃんが緑茶の入った湯呑(ゆの)みをちゃぶ台に置いて、ふいに『不思議なもんだなあ』とつぶやいたのだった。

『本当はずっと、桜茶が苦手だったはずなんだよ。香りよりも塩気ばかりが主張しすぎている気がしてね。お祝いごとだから仕方なく飲んでいただけで、いつもほとんど味わってはいなかったんだ。だけど、いざ飲まなくていいとなると、何だかなあ……』

『春が来た感じがしませんか？』

　おばあちゃんが両目を細めて尋ねると、『そうなんだよ』と顔を上げる。

『そう、そう。春が来た感じがしないんだ』

　おじいちゃんは気持ちを上手（うま）く表現してもらえたことが嬉（うれ）しかったのか、声を弾ませた。おばあちゃんはゆったりとうなずく。

『校長先生になってから長かったですものねえ』

　それからおばあちゃんは、毎年、三月の下旬になると菩提寺（ぼだいじ）の桜並木から花びらをもらってきて桜の塩漬けを手作りするようになった。水洗いをして塩をまぶし、梅酢に漬け、一週間ほどしたら取り出して天日干しをし、もう一度塩をまぶす。それを熱湯で消毒した瓶に詰め、冷蔵庫にしまっておくのだ。

　おばあちゃんは、僕の目の前で桜の塩漬けを作りながら解説してくれた。おじいちゃんが校長先生をしていた小学校では、毎年卒業式や入学式には桜の塩漬けにお湯を入れて作る桜茶を飲んでいたこと、おじいちゃんは僕が生まれてから今までの時間よりも長い間、校長先生として生きてきたこと。

そしておばあちゃんは、秘密の話をするような声と表情で続けた。

『たくさんの子どもたちや保護者の前で、堂々と話をするおじいちゃんはとてもかっこよかったのよ』

初めの年は作ってすぐに飲んでいたけれど、翌年からは桜が咲き始める頃に前年に作ったものを飲み、また新しく作ったものを来年用に保存するようになった。

桜茶を飲むたびに、おじいちゃんは縁側からまぶしそうに外を眺めて、ああ、今年も春が来た、とつぶやいた。

その、桜茶よりもおばあちゃんが考えた表現を味わっているようなどこか得意げな横顔に、何だかおじいちゃんってかわいいな、と思ったことを覚えている。

だけど、去年の夏、おばあちゃんは死んでしまった。

急に心臓が止まってしまったらしく、苦しまなくてある意味幸せだったのかもしれないと言う人もいたけれど、おじいちゃんはお葬式の間中たくさん泣いて、それ以来少し小さくなってしまったような気がする。

僕の前では今までと同じように笑ったり面白い折り紙の折り方を教えてくれたりす

るけれど、僕が遊びに行くとほとんどいつも仏壇にまだ燃えかけの線香が立っているようになった。

おばあちゃんの得意料理だった卯の花を自分で作っては、作り方を教えてもらっておくべきだったなあ、とため息をつくおじいちゃん。

おじいちゃんはきっと、今年の分の桜茶を飲むのを楽しみにしていただろう。おばあちゃんの桜茶があれば、少しは元気になれたかもしれないのに。

僕は床に膝をつき、散らばった桜の塩漬けをかき集めて瓶に戻した。でも、埃や髪の毛なんかが交じってしまっていて、とてもこのままじゃ使えない。

一度水で洗って、もう一度塩漬けにし直す？　ダメだ、それじゃあ花びらがボロボロになってしまうはずだ。それなら――

僕は考えがまとまらないまま、瓶をジャンパーのポケットに突っ込んだ。そっとおじいちゃんの家を出て、さっき通ったばかりの通学路を駆け戻っていく。

水谷くんなら、とすがるように考えていた。

山野さんのリコーダーがなくなったときも、クラスで飼っていたハムスターがかごから逃げ出してしまったときも、学芸会のためにみんなで作った幕が汚されていたときも、顔色一つ変えずに真相を推理して解決してきた水谷くんなら、何とかしてくれるんじゃないか。

何か困ったことが起きたとき、みんなが真っ先に相談するのが水谷くんだ。水谷くんは、先生みたいに怒らない。そして、水谷くんは、先生みたいに「起こってしまったことは仕方ないから、これからどうするかを考えましょう」なんてことを言わない。何が起こったのか、何でこんなことが起こってしまったのかを知りたい気持ちに、とことん答えてくれる。そして、その上で、じゃあどうするかという方法を一緒に考えてくれるのだ。

他の誰も気づかないようなちょっとしたヒントを見つけて、まるでその場にいたみたいに本当のことを言い当て、しかも一番いい方法を考えてくれる水谷くんは、四年生になったばかりの去年の春頃、高木(たかぎ)くんが「すげえ、神さまみたい」と言ったことから、「神さま」と呼ばれるようになった。学校ではあだ名が禁止されているから先生がいるところでは使わないけれど、子どもたちだけのところでは、みんな水谷くんを「神さま」と呼ぶ。ねえ、神さま、教えてよ。ねえ、神さま、助けてよ。

水谷くんは、本当は「神さま」じゃなくて「名探偵」と呼ばれたいらしいけど、学年で一番小さくて、なのに大人よりも大人みたいに、いつも淡々としている水谷くんは、たしかに僕たちとは違う生き物みたいだ。

お寺の前を過ぎ、公園の角を曲がり——自分がそもそもおじいちゃんの家に牛乳を取りに帰ったのだったと思い出したのは、水谷くんが待っている歩道橋が見えてきたところだった。

歩道橋の階段下に置かれた段ボール箱の前でしゃがんでいた水谷くんが顔を上げる。

「あ、ごめん、牛乳なんだけど……」

「いいよ」

言いかけた僕を、水谷くんが手で止めた。

「よく考えたら、牛乳はまずいかもしれない」

メガネのブリッジを押し上げ、段ボール箱に顔を戻す。

「まずい？」

「いや、牛乳は元々牛の赤ちゃんのための飲み物だからね。仔猫(こねこ)に飲ませたらお腹を壊してしまうかもしれない」

「あ」

僕は声を漏らしながら〈ひろってください〉と黒い油性ペンで書かれた箱の中を覗(のぞ)き込んだ。最初に視界に飛び込んできたのは黄緑色の毛布で、毛布が動いた、と思った瞬間に隙間から黒と茶色の斑(まだら)模様が現れる。水谷くんが毛布ごと抱き上げると、まぶしそうに目を細めた仔猫は、みい、と小さく鳴いた。

「とりあえず、どこか具合が悪いところがないかどうかも確かめた方がいいし、動物病院に連れて行こう」

水谷くんは唇をほとんど動かさないしゃべり方で言って、すばやく歩き始める。いつもながらの決断力に、さすが頼もしいな、と思ったところで、ポケットに入れた桜の塩漬けのことを思い出した。

ポケットを手で押さえると、水谷くんは、

「それ、何？」

と、僕のポケットを顎で示す。

僕はどこか救われる思いで、ついさっき起こったことを話し始めた。

自分の家よりも近いからおじいちゃんの家に向かったこと、牛乳を取ろうとして冷蔵庫の上の方に手を伸ばしたら、うっかり瓶を落として中身をこぼしてしまったこと、それは死んだおばあちゃんが作った桜の塩漬けで、おじいちゃんがすごくがっかりするだろうこと。

それで、水谷くんなら何とかする方法を思いつかないかなと思って、と続けると、水谷くんは動物病院へ向かう歩を緩めないままに「まあ、選択肢は三つだろうね」と告げた。

「正直に話して謝る、お店で桜の塩漬けを買ってその瓶に入れ替える、あるいは作る」

「作るって、僕が？」

「今、作り方を言っていただろう」

水谷くんは当然のことを口にするような表情で僕を見る。

「おばあちゃんが作るのを手伝ったことがあるんじゃないの？」

「手伝うっていうか……隣で見ていただけだけど」

僕は瓶を握りしめた。

「無理なら買うしかない。ただ、その場合は作り方が違うはずだから味や見た目が違うものにはなるだろうけど」

「それは……」

「なら、正直に謝る？」

僕は答えられずにうつむく。正直に言っても、おじいちゃんは怒りはしないだろう。そうか、と静かに言って、瓶を足にぶつけたりしなかったかと心配してくれる――おじいちゃんは、そういう人だ。

だが、だからこそ本当のことを言う気にはなれなかった。

「……僕に、作れるのかな」

「桜が咲いてさえいれば」

　僕が声を絞り出すと、水谷くんは何でもないことのように答えて腕の中の仔猫を見下ろした。

「だけど、まずはこの子が先だ」


　動物病院では、仔猫に牛乳を飲ませなかったことを褒められた。やはり、水谷くんの言う通り、猫用のミルクと牛乳とでは成分が違い、無理に飲ませるとお腹を壊してしまうことがあるらしい。

　お医者さんは、お世話の仕方をひと通り説明した上で、キャリーケースを貸してくれた。

　僕たちはお礼を言って動物病院を出ると、ひとまず水谷くんの家へ向かうことにした。名前は何にするの、と僕が尋ねると、水谷くんは珍しく即答せずに仔猫をじっと見つめる。仔猫も水谷くんを見上げ、みぃ、と鳴いた。

　数十分の間にも、すっかり愛着が湧いていた。水谷くんもそうなのか、キャリーケースを持つの替わろうか、と声をかけても、大丈夫、と言うだけで手放そうとしない。

だが、水谷くんの住むマンションへ着くと、ちょうど仕事から帰ってきた水谷くんのお母さんは、動物病院の名前がプリントされたキャリーケースを見るなり目を丸くした。

「それ、どうしたの」

「捨て猫。拾ったんだ」

水谷くんはキャリーケースを持ったまま器用に紐靴(ひもぐつ)を脱ぎ、家に上がる。

「動物病院でお世話の仕方も教わったから大丈夫」

早口に言って、そのまま廊下に進もうとしたところで、「ちょっと待ちなさい」と水谷くんのお母さんが呼び止めた。水谷くんが立ち止まる。水谷くんのお母さんは、小さくため息をついた。

「その様子ならたぶん想像はついているんだろうけど、このマンションではペットは飼えないの」

え、と僕は声を出す。

水谷くんは振り向かなかった。お母さんは水谷くんの前に回り込み、腰を屈(かが)めて顔を覗き込む。

「動物病院に連れて行ってあげたのはえらかったね。お金はどうしたの?」

「お年玉」

水谷くんのお母さんは、そう、と小さくうなずき、今の時間ならいるかしら、とひとりごちた。

「お母さん、大家さんに事情を話して一週間くらいは飼わせてもらえないか頼んでみるから、その間に誰か飼ってくれる人を探そう?」

水谷くんはうなずかない。けれど、首を横に振りもしなかった。その後ろ姿に、僕は何となく水谷くんはこうなることがわかっていたのかもしれないと思った。だからこそ、すぐには名前をつけようとしなかったんじゃないか。

水谷くんは、くるりと僕を振り向いた。

「ひとまず、クラスの子たちに飼えないか訊いてみるか」

「いや……というか」

僕は、そろそろと切り出す。

「うちのおじいちゃんが、ちょうど猫を飼いたがってたけど」

「え?」

水谷くんと水谷くんのお母さんが揃って声を上げた。

一拍置いて、水谷くんのお母さんが、「あら！」と声のトーンを上げて両手を叩き合わせる。

「そうなの、よかったじゃない」

「あの……ごめんなさい、水谷くんが飼いたいのかと思って言い出せなくなっちゃって」

「おじいちゃんって、あの桜茶の？」

そう言われると、不思議な巡り合わせのような気がした。おばあちゃんがいなくなって桜の塩漬けが最後の一瓶になったから、それをダメにしてしまったことが重大事になり、おばあちゃんがいなくなって家の中が静かになったから、おじいちゃんが猫を飼いたいと言い出したのだから、どちらも無関係の話ではないのだけれど。

僕が「うん」と答えると、水谷くんは、そうか、とつぶやいてケースを覗き込んだ。

その場で早速電話を借りて、仔猫を拾ったんだけど飼えないかなと切り出すと、おじいちゃんは『そりゃあ騒がしくなるなあ』と声を弾ませた。けれど、ちょうど明後日から三泊四日で老人会の旅行に行く予定が入っているということで、猫を受け取るのは帰ってきてからにしてもらえるとありがたいと言う。

僕はこっそりと胸を撫で下ろした。おじいちゃんが旅行に行くということは、少なくともその間は桜の塩漬けの瓶がないことに気づかれる心配はなく、新しいものを作る時間があるということだからだ。

自分で桜の塩漬けを作るのは、最初はひどく難しいことのように思われたけれど、水谷くんの言う通りに覚えている手順を紙に書き出していくと、一つ一つはそれほど大変なことでもなかった。

おじいちゃんが旅行のために戸締まりをしてしまう前におばあちゃんが使っていた塩と梅酢を持ち出すこともできたし、ここ一週間は晴れ間が続くようで天日干しをするのにも問題はない。

一番の心配は、まだ三月中旬のこの時期に咲いている花があるだろうかということだったが、実際にいつも桜の花びらを摘ませてもらっていたお寺に行ってみると、たった一本だけ満開の樹があった。

ずらりと並んだ桜の樹は、まだほとんどがつぼみだというのに、その一本だけが大輪の花をつけて美しく咲き誇っている。その不思議な光景は、まるでおばあちゃんが特別な魔法でもかけてくれたかのようだった。

「すごいね」

僕はつぶやく。

「おばあちゃんが応援してくれてるみたいだ」

はしゃいだまま話しかけると、水谷くんは、いや、と何かを言いかけて、けれど結局何も言わずに口をつぐんだ。

そのまま、二人で手分けして花を摘み取っていく。

水洗いをして塩をまぶし、梅酢に漬けていく間は調理実習のようで、天日干しは理科の実験のようだった。学校の宿題でもないのに、二人で一緒に勉強みたいなことをしているのが面白くて、そんな場合でもないと思いながらも少し楽しくなってくる。

水谷くんに相談するまでは本当に取り返しがつかないことになってしまったとしか思えなかったのに、作業をしているとすべてが上手くいくような気がするから不思議だった。


ピンポーン、と調子外れのチャイムの音が玄関先に響く。

はーい、どうぞー、という朗らかなおじいちゃんの声が奥から聞こえた。

僕と水谷くんは顔を見合わせて小さくうなずき合う。

引き戸を開ける音が、いつもよりも大きく響く気がした。僕は唾（つば）を飲み込み、脇をしめてジャンパーのポケットを肘(ひじ)で押さえる。

「お邪魔します」

後ろから水谷くんの普段通りの声が聞こえて、少しだけ肩の強張(こわば)りが緩んだ。大丈夫だ、と自分に言い聞かせる。おばあちゃんがいつも使っていたのと同じ材料で同じ作り方で作ったはずなのだ。梅酢に漬ける時間が短くしか取れなかったのが気になるけれど、見た目としてはほとんどおばあちゃんの桜の塩漬けと変わらないものになった。作り直したと言わなければ、きっとおじいちゃんも気づかないはずだ。

「いらっしゃい」

居間から現れたおじいちゃんが、僕を見てから水谷くんに視線を移した。水谷くんが「お邪魔します」と繰り返すと、「はい、こんにちは」と返す。

その慣れた様子に、僕は、そう言えばおじいちゃんは校長先生だったんだよな、と思った。僕が物心がついた頃にはもう退職して今のおじいちゃんになっていたけれど、それでもおじいちゃんと一緒に歩いていると、知らないお兄さんやお姉さんたちが「あ、校長先生だ！　こんにちは！」と声をかけてくることがあって、何だかくすぐったいような誇らしいような気持ちになったことを覚えている。あのときも、おじいちゃんは今みたいに「はい、こんにちは」と穏やかに返していた。

ふいに、おばあちゃんの言葉が蘇る。

『たくさんの子どもたちや保護者の前で、堂々と話をするおじいちゃんはとてもかっこよかったのよ』

おじいちゃんにとっておばあちゃんの桜茶は、本当に大切なものだったのだろう。校長先生でいた頃の——そして、それを覚えていてくれたおばあちゃんの思い出の品だったのだから。

僕はジャンパーのポケットに手を入れ、中の瓶を強く握りしめた。

「おお、本当にまだ仔猫だ」

キャリーケースを覗き込んで歓声を上げるおじいちゃんの脇をすり抜けて、台所へ向かう。

電気をつけていない台所は薄暗かった。僕はおじいちゃんの気配が近づいてこないことを確認してから瓶を取り出す。

口の中がひどく渇いていた。ほとんど動いていないはずなのに呼吸が浅くなっていく。

「名前は決まっているのかい？」

おじいちゃんの声が薄膜に包まれたように遠くで聞こえた。水谷くんの返事は聞こえなかったが、おじいちゃんが「どうして」と続ける声がする。

「飼う人がつけたいだろうと思ったので」

　水谷くんの返事が今度は聞こえた。

　一瞬、驚いたような間が空き、おじいちゃんが「優しいんだな、水谷くんは」としみじみとした口調で言う声が耳に届く。

　僕は冷蔵庫の取っ手をつかんだ。できるだけ音を立てないようにそっと引っ張るとびくともしなくて、仕方なく少しずつ腕に力を込めていく。

　突然、バッ、とゴムが擦（こす）れる音と共にドアが勢いよく開いて後ろに転びそうになった。慌ててドアにしがみついてこらえ、背伸びをしておばあちゃんの桜の塩漬けが入っていた場所に持ってきた瓶を押し込む。

　踵（かかと）を下ろしながらドアを閉めると、パタン、という音が響いた。思わず身をすくませてから、麦茶でも取り出せばよかったのかもしれないと気づく。そうすれば、冷蔵庫を開け閉めする音を聞かれても、麦茶を取り出すためだったと思ってもらえたのに。

「これ、母からです。猫を引き取ってくれてありがとうございます」

「ああ、そんなそんな。こちらこそ御礼をしないといけないのに」

　おじいちゃんが困ったような声で言ってから、「そうだ」と続けた。

「ちょうどおやつの時間だし、よかったらちょっと食べていきなさい。今お茶でも淹れるから」

心臓が、どくんと大きく跳ねる。

隠れなければ、と思いながらも一歩も動けずにいるうちにのれんが開き、姿を見せたおじいちゃんが「お」と僕を見た。僕は反射的におじいちゃんに背を向ける。

「麦茶いれる？」

「おお、気が利くな」

おじいちゃんは僕がいつの間にか台所にいた不自然さには気づかなかったのか、感心したような声で言って食器棚から湯呑みを取り出した。僕は冷蔵庫のドアで顔を隠しながら麦茶のポットをつかむ。

だが、おじいちゃんは、いや、と低く言った。

「せっかくだから、桜茶でも飲んでみるか」

咄嗟に叫び声が出そうになる。実際には叫ばずにいられたのは、我慢できたというよりもただ喉が引きつって声が出なかっただけだった。

「そうだ、そうだ。今日は新しい家族が増えてめでたいしな」

おじいちゃんは嬉しそうにひとりごちてヤカンをコンロの火にかける。

「じゃあおじいちゃんが淹れるから、おまえはあっちで座って待っておいで」

うん、と答えるのが精一杯だった。のれんをくぐると、台所での会話が聞こえていたのか水谷くんも微妙な表情をしている。

僕は水谷くんの隣まで駆け寄り、耳に口元を寄せた。

「どうしよう」

水谷くんは大丈夫だというように小さくうなずき、「見てよ」と少し声を張る。

「もうじゃれたりできるようになったんだ」

ケースから鳥の羽根のようなものがついた猫じゃらしのおもちゃを取り出し、仔猫の顔の前で振って見せた。仔猫は真ん丸の目を輝かせてパッとおもちゃの先に前脚を伸ばす。わあ、と僕は声を上げた。

「かわいい！」

「抱っこしてみる？」

水谷くんが慣れた動きで仔猫を抱き上げ、僕を向く。僕は、身を引きながらも両腕を伸ばしていた。ちゃんと抱っこできるだろうか。嫌がって逃げたりしないだろうか。

そんな思いが頭をよぎったけれど、仔猫はそのまま暴れることなく僕の腕の中に収まってくれる。

柔らかい、とまず思った。それから、軽い、と思って、温かい、と思う。前に会ったときには、みい、と鳴いていたはずの仔猫は、今は、みゃあ、と鳴いていた。骨なんて一本もないようなくにゃくにゃの背中が動くたびに、ふかふかの毛が手のひらをくすぐる。

そのキラキラした目で見つめられると、それだけで胸が一杯になった。何てかわいいんだろう、と思いすぎて、「かわいいね」とまたつぶやいてしまう。

猫って、本当にこんなふうにフワフワなんだ、と思った。本当に、と思ったのは、前にクラスメイトの川上さんが描いた猫の絵を見たときにも同じことを考えたからだ。

「かわいいなあ」という声がして、ハッと顔を向けるとおじいちゃんが戻ってきていた。おじいちゃんは仔猫を眺めながら、ちゃぶ台の真ん中に湯呑みと木の皿を並べる。茶色い紙箱からクッキーを出して皿の上に盛り、戸棚から〈アソートせんべい〉と書かれた缶を取り出した。

「おもたせで申し訳ないが」

小さく言い添えて皿を水谷くんの前に滑らせる。水谷くんは「いただきます」と伸ばした背筋を前に傾けると、せんべいを選んだ。僕は少しだけ迷ったものの、チョコレートクッキーを取る。しょっぱいお茶には何となくせんべいの方が合う気がしたが、あまり好きではないアーモンドせんべいばかりだったからだ。

おじいちゃんは、お菓子のお皿ではなく湯呑みに手を伸ばした。僕は身構える。

おじいちゃんが湯呑みの中を見た。僕もつられるようにして視線を向けると、ほんの少しピンクに色づいたお湯の中で、中心だけが濃いピンクで先はほとんど白い花びらがクラゲのように揺れている。

おじいちゃんが嬉しそうに両目を細め、湯呑みにそっと口をつけた。ずず、と小さな音を立ててすするようにして飲む。

次の瞬間、おじいちゃんの白い眉毛がぴくりと動いた。口の中のお茶を遅れて飲み込みながら、怪訝そうな顔をする。

――まさか、気づかれた？

全身が、水をかけられたように一気に冷たくなった。味が違ったんだろうか。でも何で？　材料も作り方も同じはずなのに――それとも、梅酢に漬ける時間がいつもより短かったから、違う味になってしまったんだろうか。

水谷くんは涼しい表情のまま湯呑みをつかんだ。舐めるようにして一口飲む。

僕も慌てて少しだけ飲んだ。だけど、おばあちゃんの味とどこがどう違うのかわからない。

そもそも、僕はおばあちゃんが桜の塩漬けを作る姿は見ていたけれど、でき上がった桜茶を飲んだことは数えるほどしかなかった。

味があまり好きではなかったから、年に一回くらいはおじいちゃんにつき合って飲むこともあったけれど、それ以外は緑茶か麦茶を淹れてもらっていたのだ。

もし、このままおじいちゃんが「味が違う」と言い始めたら――

おじいちゃんは、僕が犯人であることに気づくだろうか。――いや、問題はそんなことじゃない。もし、おじいちゃんがこれを「おばあちゃんの味じゃない」と思うのなら、おじいちゃんはもう二度とおばあちゃんの桜茶の味を楽しめなくなってしまうのだ。

だが、おじいちゃんは何も言わずにクッキーをつかんだ。クッキーを食べるのは久しぶりなのか、老眼鏡をずらしてクッキーの袋をしげしげと眺め始める。

――気のせいだと思うことにしたんだろうか。

僕は、湯呑みの陰からおじいちゃんの横顔を盗み見た。おじいちゃんはもうお茶を見ようとはせず、さらにクッキーの包装紙を手にとって裏返す。

すると、紙が擦れる音に反応したのか、仔猫が弾(はじ)かれたように顔を上げた。あ、と思う間もなく僕の腕からすり抜けて包装紙に飛びつく。おっと、とおじいちゃんが包装紙を上に掲げると、それを追うように長く身体を伸ばして跳ねた。

おお、とおじいちゃんが上体を反らす。

「すごいな、もうこんなに動けるのか」

包装紙を素早く畳んで床に置き、仔猫を抱き上げた。

「よしよし、でも今は熱いお茶があるからね。危ないからおじいちゃんに抱っこされていなさい」

優しく語りかけてちゃぶ台から少し離れた場所にあぐらをかき直し、脚の間に仔猫を下ろす。仔猫は、みゃあ、と鳴いたものの飛び出すわけでもなく、おじいちゃんの親指のつけ根をあぐあぐと噛んだ。痛くないのかな、と思ったけれど、おじいちゃんはやめさせることもなく反対側の手の指で仔猫の顎を撫でる。

ゴロゴロゴロゴロ、というゆっくりとうがいをしているような小さな音が聞こえた。仔猫は気持ちよさそうに目を閉じて顎をぐんぐんと反らせていく。

「名前は何にするかなあ」

おじいちゃんが仔猫を見下ろしながらつぶやいた。仔猫の顎から手を離して腕を掻き、仔猫の顎に戻したと思うとまたすぐに離して目をこする。

撫でるのをやめられた仔猫が不思議そうにおじいちゃんを見上げた。僕も何気なくおじいちゃんの顔を見て、息を呑む。

　おじいちゃんの顔が、いつの間にか真っ赤になっていた。

「え?」

　僕はそろそろと腕を伸ばす。

「おじいちゃん、どうしたの」

「いや、ちょっと……」

　おじいちゃんも困惑したように言いながら腰を浮かせた。仔猫がぴょこんと床に降り、水谷くんの方へ向かう。

　おじいちゃんが喉を押さえて、強く咳払い(せきばらい)をした。痰(たん)が絡んだような激しい音に胸の奥がざわつく。おじいちゃんはどうしちゃったんだろう。大丈夫だろうか。

「おじいちゃん」

　おじいちゃんは「大丈夫だから」と言って足早に居間を出て行く。洗面所からさらに咳払いが聞こえ、ガタガタと引き出しを開け閉めするような音が続いた。

「大丈夫かな」

　僕は不安になって水谷くんを見る。だが、水谷くんもわからないというように首を振った。

ひとまず洗面所まで追いかけていくと、おじいちゃんは僕に背を向けたまま「大丈夫だから」と繰り返した。

「ちょっとそっちで待ってなさい」

「でも」

僕の言葉を遮るようにして、おじいちゃんは洗面所のアコーディオンカーテンを後ろ手に閉める。それでも僕は居間に戻る気にはなれなくて、カーテンの前で足踏みをした。遅れてやってきた水谷くんと顔を見合わせる。

救急車、という言葉が喉の奥までこみ上げてきた。けれど、おじいちゃん自身が大丈夫だと言っている以上、事を大きくしてしまっていいのか判断がつかない。でも、もしこれで取り返しがつかないことになってしまったりしたら――

ひとまず誰か大人を呼んでこよう、と水谷くんがすばやく玄関へ駆け出した。追いかけようとした僕は、「君はおじいさんについていて」と言われて引き返す。

僕が戻ってきたのと、おじいちゃんがアコーディオンカーテンを開けたのはほとんど同時だった。

「驚かせてすまなかったね」と言いながら居間に現れたおじいちゃんの顔はもう普段の色で、呼吸も苦しそうではない。

「おじいちゃん？　大丈夫なの？」

「ああ」

苦笑交じりに答えられて、僕は玄関へ、

「水谷くん！　おじいちゃん大丈夫だって！」

と声を張り上げた。水谷くんはバタバタと音を立てて居間へ戻ってくる。おじいちゃんの全身へざっと視線を滑らせた。

おじいちゃんが水谷くんに、「驚かせてすまなかったね」ともう一度言う。それでも水谷くんは表情を和らげず、「大丈夫ですか？　救急車を呼びますか？」と口にした。

「大丈夫だよ。もう薬を飲んだから」

「薬？」

訊き返したのは僕だった。おじいちゃんは、何か病気だったのだろうか。だが、そんな話はお母さんからも聞いたことはない。

おじいちゃんは眉尻（まゆじり）を下げ、僕と水谷くんの間で身体を小さく丸めて座っている仔猫を見下ろした。

「いや、まさかとは思ったんだが……この薬が効いたということは」

そこまで言って、深くため息をつく。

「どうも、アレルギーらしい」

「アレルギー？」

今度は水谷くんが訊き返した。おじいちゃんは、顎を引くようにしてうなずく。

「せっかく連れてきてもらったのに本当に申し訳ないんだが……今日、このタイミングで症状が出たということは、アレルギー源は猫かもしれない」

え、と僕は声を出していた。咄嗟に水谷くんを向く。

水谷くんは、仔猫を見ていた。「猫アレルギー」と復唱するようにつぶやき、その場で膝をついて猫を抱き上げる。

「じゃあ、飼うのは無理ですね」

「ああ、せっかく連れてきてもらったのに本当に申し訳ない」

おじいちゃんがもう一度謝ると、水谷くんは「連れて帰ります」とだけ言って仔猫をキャリーケースに入れた。

「え、水谷くん！」

僕は慌てて声を上げる。

「でも、その子どうするの」

「ひとまずうちに連れて帰って、別の飼い主を探すしかないだろう」

水谷くんは、淡々と言った。僕は身を縮ませ、うん、とうなずく。

たしかに、おじいちゃんが猫を飼ってくれると言っていたから、他の飼い主は探していなかった。僕の家にはインコがいるし、おじいちゃんが飼えないということは、仔猫を飼ってくれる人はいなくなってしまう。

みゃあ、とキャリーケースの中で仔猫が鳴いた。話している内容がわかっているのかいないのか、忙しなくみゃあみゃあと鳴き続ける。

おじいちゃんは悲しそうな目をキャリーケースに向けた。思わずといった感じで手を伸ばしかけ、振りきるように踵(きびす)を返す。

「お腹がすいたのかもしれないな」

自分に言い聞かせるようにつぶやいて、台所から小皿を取ってきた。

「一応人肌程度には温めてきたが、皿から直接飲めるのかな？」

僕に小皿を渡しながら、水谷くんに尋ねる。

水谷くんは顔だけを上げた。

「これは、仔猫用のミルクですか？」

おじいちゃんは、思いもしないことを言われたというように目をしばたたかせる。

「いや、牛乳だが……牛乳じゃダメなのかな？」

「ダメだよ！」

僕は手に持っていた小皿をすばやく引いた。自分だってつい一週間前まで知らなかったくせに、「牛乳は牛のミルクでしょ。猫に飲ませたらお腹を壊しちゃうんだよ」と受け売りで続ける。

「そうなのか？」

「そうだよ。見た目は似ていても違うものなんだから」

どこか得意になってそう口にした瞬間だった。

水谷くんの周りの空気が、ピンと張りつめる。

その横顔に、水谷くんが何かに気づいたことがわかった。

いつもならば、鼻の下を指でこすって「謎の匂いがする」と言い出しているところだ。僕はその、本当に名探偵のような決めゼリフが好きだったが、今日は水谷くんは口にしなかった。何かを考え込むように難しい顔をしたまま、唐突に「失礼します」と玄関へ向かう。

「水谷くん！」

僕は出ていってしまった水谷くんの後を慌てて追った。百メートルほど進んだところで踵をつぶして履いた靴の紐を踏んでしまい、転びそうになる。

うわ、と叫んで何とか転ばずに踏ん張ったとき、ようやく水谷くんが足を止めた。

僕はハッと顔を上げる。

目の前にあった建物は、市立図書館だった。

「ちょっとここで待ってて」

水谷くんは僕にキャリーケースを押しつける。どうするの、と尋ねる間もなく、建物の中へ消えた。

僕は、その場に立ち尽くしたまま、キャリーケースと図書館の入り口を交互に見る。僕も追いかけて中に入りたいけれど、猫を連れて入るわけにもいかない。

建物の後ろの駐輪場になっているスペースに回り込み、キャリーケースを地面に置くと、背伸びをして窓を覗き込んだ。水谷くんはどこだろう。何かを調べようとしているんだろうか。窓枠に指をかけてつま先立ちになった体勢で、横に移動しながら棚の間を一つ一つ見ていく。

外よりも少し暗い室内は、人がまばらだった。大学生くらいの男の人、杖をついたおじいさん、セーラー服姿のお姉さん、クリーム色のエプロンをつけた女の人――あ、いた。

見つかった水谷くんは、それまでに見えていた人たちよりも頭が二つ分くらい小さかった。そのことに、僕はなぜだか少し驚く。

水谷くんは一冊の本を小脇に抱え、足を横に滑らせるようにして歩きながらうなずいていた。何にうなずいているんだろう、と不思議に思ったところで、うなずいているわけではなく、本の背表紙に目を走らせているのだと気づく。

そう言えば、水谷くんはいつもぎょっとするほど本を読むのが速かった。きっと、棚にずらりと並んだタイトルを読むのも、それと似ているのだろう。

ふいに、水谷くんの足と頭が止まる。水谷くんはすっと手を伸ばして一冊の本を引き抜いた。

僕は一度踵を下ろして痺れてきたつま先をほぐし、改めて窓にへばりつく。

所々読めない漢字があってよくわからなかったが、〈アレルギー〉という文字だけが読み取れた。

――アレルギー？

僕は目を凝らす。何を調べているんだろう。おじいちゃんの猫アレルギーについてだろうか。

　やがて、水谷くんが本から顔を上げた。そっと本を閉じ、もう一冊と同じく小脇に抱える。

　そのまま棚から離れると、柱の陰に隠れて窓からは見えなくなってしまった。僕はキャリーケースを持ち上げ、図書館の入り口へ戻る。

　僕が入り口に着いてしばらくして、水谷くんが出てきた。

「水谷くん、何を調べてたの？」

　水谷くんは、答える代わりに脇に挟んでいた本を手に持ち替える。それは、先ほどのアレルギーの本ではなく、植物図鑑のようだった。表紙には白や黄色やピンクの花が並んでいる。

　水谷くんはキャリーケースを受け取り、本を僕に渡しながら「最初に疑ったのは、毒性のある植物だったのかもしれないということだったんだ」と唐突に話し始めた。

「毒？」

　僕はぎょっとして訊き返す。

　水谷くんは僕の目を真っ直ぐに見据えたまま「ああ」とうなずいた。

「おじいさんの具合が悪くなったのは、猫を抱き上げたときでもあったけど、お茶を飲んだ直後でもあっただろう？　もしかして、桜の花の中でも毒性がある品種で塩漬けを作ってしまったのかもしれないって思ったんだ」

そこで言葉を止めると、まつげを伏せる。

「……実は、僕たちが摘んだあの花が、まだ咲いていなかった桜並木の桜――おそらくこれまでおばあさんが摘んでいたソメイヨシノとは違うものだということはあのときにも気づいていたんだ」

「え？」

僕は目を見開いた。あのとき――あの花を摘んだとき。水谷くんはまつげを上げて
「ソメイヨシノはすべてクローンで、同じ場所であれば咲くタイミングが同じはずだから」と続ける。

「クローン？」

僕は首を傾げた。聞いたことがある単語ではあったが、どういう意味だっただろうか。水谷くんは一瞬考えるように視線を上へ向ける。

「DNAの持つ遺伝情報が同じなんだよ」

解説するような口調で言い換えてくれたが、僕は余計にわからなくなった。けれど水谷くんは、これで僕も話についてこられるようになったと思ったのか、「そう、つ

まり」とまとめる言葉を口にする。

「一斉に咲いて散るはずのソメイヨシノの中で一本だけが先に咲いていたということは、品種が違うということになる。……だけどあの場でそう言わなかったのは、おばあさんが使っていたのがソメイヨシノだったんだとしたら、どちらにしても同じ品種を今この辺りで見つけるのは難しいだろうと思ったからだ」

　水谷くんの言葉に、花を摘みに行ったときの光景が蘇った。

　つぼみばかりの桜並木の中で、たった一本、大輪の花を咲かせていた樹。おばあちゃんが応援してくれているみたいだとはしゃいだ声で言った僕に、何かを言いかけた水谷くん。

「それに」と水谷くんは声のトーンを一段低くして続ける。

「同じ桜なら、品種が違ったとしてもそれほど味に違いが出るとも思わなかったんだ。作り方からしても、どうせ味のほとんどは塩で決まるようだったし——だけど、それが間違いだった」

　何かを嚙みしめるように目をつむり、ため息を吐き出す。

　ゆっくりとまぶたを開き、僕を見て言った。

「あの花は桜じゃなくて、アーモンドの花だったんだよ」

水谷くんは、僕の手の中の植物図鑑を器用に片手でめくる。現れたのは、僕たちが一週間ほど前に摘んだのと同じ花だった。

だが、それは桜にしか見えない。

「え、これ桜じゃないの？」

「ああ、見た目は似ていても違うものだよ」

水谷くんは、僕が先ほど牛乳について言ったのと同じ言葉を口にした。そして、図鑑の中の写真に添えられた文字を指さす。

〈アーモンドの花〉

水谷くんは再びページをめくって、今度は桜の花のページを開いた。

「そっくりだろう？　だけど、よく見ると、桜は枝から出た細い茎の先に咲くのに、アーモンドの花は枝から直接咲くんだ」

僕は二つのページを見比べる。

——ほんとだ。

それから一拍遅れて今までの話の流れを思い出し、「え」と水谷くんを見た。

「じゃあ、アーモンドの花には毒があったってこと？」

「いや」

水谷くんは短く答え、植物図鑑の上にもう一冊の本を載せる。その表紙の〈アレルギー〉という文字に目が吸い寄せられた。

水谷くんはすっと息を吸い込む。

「おじいさんは、アーモンドアレルギーなんじゃないか」

僕の目をじっと見てから、アレルギーの本のページをめくった。〈ナッツアレルギー〉という項目を開き、指で文字をなぞる。

「〈代表的なのはピーナッツアレルギーですが、その他に、くるみやカシューナッツ、アーモンドがアレルギー源になる場合もあります〉」

本を僕の方に向けているのだから文字が逆さまに見えるはずなのに、淀(よど)みなく読み上げた。

「考えてみれば、もしアーモンドの花に毒性があったんだとしたら、同じお茶を飲んだ僕たちにも症状が出ていないとおかしい。それに、おじいさんはアレルギー用の薬を飲んだら具合がよくなった」

「あ」

――そう言えば、そうだ。

「そもそもアレルギー用の薬を持っていたということは、何かのアレルギーを持っていたということだ。それに、おじいさんはクッキーの裏面や包装紙を確かめるように見ていた。そして——アーモンドせんべいだけが余っていたアソートせんべい」

水谷くんはひと息に言い、音を立てて本を閉じる。

「おじいさんの具合が悪くなったのが僕たちの作ってしまったアーモンド茶のせいなんだとしたら、おじいさんはあのお茶を飲むたびに具合が悪くなってしまうかもしれない」

おばあちゃんの桜の塩漬けをダメにしてしまったこと、そしてそれを言い出せずに自分でおばあちゃんの作り方を真似して作ったこと——僕が本当のことを白状して謝る間、おじいちゃんは何も言わなかった。

そのことで、僕はますます消え入りたくなる。

おじいちゃんが、瓶を手に取って眺めた。

「そうか……おまえが」

ごめんなさい、と吐き出す声が震える。

おじいちゃんは、瓶をテーブルに置いた。

「でも、どうして本当のことを言う気になったんだ」

「この花は、桜ではなくアーモンドの花だったんです」

僕の代わりに答えたのは水谷くんだった。

その言葉に、おじいちゃんが目を大きく見開く。その瞬間、ああ、と僕は悟っていた。水谷くんの推理はやはり当たっていたのだ。

「水谷くんが、おじいちゃんがアーモンドアレルギーかもしれないから、このお茶を飲んだらまた大変なことになるって」

「どうしてわかったんだ？」

水谷くんはうつむいたまま、図書館の前で僕に説明したのと同じ推理を口にした。

おじいちゃんは目をしばたたかせる。

「驚いた」

つぶやき以上に本当に驚いていることが、その呆然(ぼうぜん)とした様子から伝わってきた。だが、水谷くんは得意そうにするわけでも、照れくさそうにするわけでもない。

それ自体は、いつものことだった。今までだって、いろいろな問題を推理によって解決してきた水谷くんは、自慢げに振る舞うようなことはなかった。どんなときも必要なことだけを口にして、周りがどよめいても平然としていた水谷くん。けれど今日は、どこか居心地が悪そうだった。

そのことにも、僕は申し訳なくなる。

僕が、瓶を落としたりしなければ――せめて、あのときすぐに正直に謝っていれば。

そうすれば、水谷くんにこんな顔をさせることもなかった。おじいちゃんに苦しい思いをさせてしまうこともなかったのに。

おじいちゃんが、ゆっくりと水谷くんの隣にしゃがみ込んだ。

「もう一度、抱いてみてもいいかい？」

水谷くんは無言でうなずき、キャリーケースの蓋を開ける。嬉しそうな鳴き声を上げる仔猫を抱き上げ、おじいちゃんに渡した。

おじいちゃんは、そっと、壊れやすいものを手にするような手つきで受け取った。その場で座り込み、喉を撫でる。仔猫はゴロゴロと喉を鳴らした。だが、もうおじいちゃんの顔色は変わらない。

そして、その静かな横顔からは、何を考えているのかがまったく読み取れなかった。

怒っているだろう、と僕は奥歯を噛みしめながら思う。

ただ桜の塩漬けをダメにしてしまっただけならば、怒らなかったかもしれない。だけど、僕はそれを隠そうとした。ごまかそうとして、おじいちゃんを騙した。おじいちゃんはがっかりしたはずだ。僕がそんなふうに嘘をつくような孫だったこと、そして何より、おばあちゃんの桜の塩漬けがダメになってしまったこと――

もう、おじいちゃんの顔を見ていられなかった。僕はつま先をにらみつけ、拳を強く握る。食いしばった歯の間から、嗚咽が漏れた。自分が情けなかった。たまらなく、恥ずかしい。

だが次の瞬間、ふいに額に乾いた、けれど温かな感触を覚えた。

ハッと顔を上げた途端、おじいちゃんの腕が視界に飛び込んでくる。

その隙間から見えたおじいちゃんの目は、僕の目を見ていなかった。ほんの少し、上にずれている。どこを見ているのだろうと不思議になって目線だけを上げると、額に置かれた手のひらにぶつかった。

おじいちゃんは、僕の頭を見つめたまま、小さく言った。

「……おまえが、覚えてくれていたのか」

何を、と訊き返しそうになって、おばあちゃんの桜の塩漬けの作り方だと遅れて気づく。

まぶたの裏に、おばあちゃんの得意料理だった卯の花を自分で作っては、作り方を教えてもらっておくべきだったとため息をついていたおじいちゃんの丸い背中が思い浮かんだ。

うん、と答える声が自分の耳にもかすれて届く。

やがて額から伝わり始めた細かな震えを、僕は身動きもできずに受け止めていた。

第二話
夏の「自由」研究

プールサイドに上がった瞬間、ズルだよね、という声が聞こえてぎくりとした。

別に何もズルなんかしていないのに、僕は慌てて声の出所を探してしまう。

「ほんとありえないよね」

斜め後ろから声がして、ハッと振り向くと谷野さんと合田さんが身を寄せ合うようにして遠くをにらんでいた。

二人が見ている方向へ目を向ける。

そこにいたのは、川上さんだった。

川上さんは、すだれで覆われた見学席で膝を抱えて自分の手のひらをじっと見ている。反対の手が手の形をなぞるように動き、また絵を描いているのだろうとわかった。

川上さんは、いつも絵を描いている。

登校してきてから朝の会が始まるまでの間も、休み時間も、時には授業中にもノートに絵を描いて先生に注意されている。

描いているのは、他の女子がたまに描いている漫画のようなイラストではない。鉛筆や筆箱、猫や自分の手や椅子なんかを、まるで写真みたいに正確に描くのだ。

誰かが、うわ、めっちゃうますぎじゃん、と言っても特に反応を返すことはなく、何それ、自慢？　と誰かが怒り出しても、顔色一つ変えることがない。

先生に注意されればさすがに描くのはやめるけれど、それでも目はずっとそのとき描いていたものを見続けている。

将来の夢を宣言するという授業では、画家、と短く答えていて、まあそうだろうな、と教室全体に納得したような空気が流れた。だが、先生が、川上さんは本当に絵が上手だから絶対になれるよ、とコメントしたら白けた表情をして無言で席に戻り、こういうところなんだろうなと思ったのを覚えている。

川上さんは、いつも絵の世界にいる。誰もそこから引きずり出すことができない。だからこそ、誰もが川上さんを気にせずにはいられないのだ。

去年の秋に転校してきて以来、いろんな子が川上さんと関わろうとしては拒絶されるというのを繰り返している。

「先生もちゃんと怒ってくれればいいのに」

「でもさあ、江木（えぎ）ちゃんは男だから」

谷野さんがほんの少し声のトーンを落として言い、合田さんが「でも、男だってそんなにしょっちゅうアレが来るわけがないことくらいわかるでしょ、普通」と同じように小声になった。

僕は聞いてはいけない話を聞いてしまった気持ちになって、顔を伏せる。それでも、てかさあ、と谷野さんが声を尖らせるのが耳に入ってきてしまう。

「プールの授業を休んだりしたら、みんなにアレじゃないかと思われるわけでしょ？その方が恥ずかしくない？」

「別にプールに入る方法はあるしね。タンポンとか」

「やだあ」

谷野さんが慌てたような、それでいてはしゃいだような声を上げた。

「言わないでよ」

「だって」

日に照らされたうなじが、じりじりと焦げていくような感じがする。そう言えば、今日は台風イッカで暑くなるとお母さんが言っていた。

「でもさ、もしそれで漏れちゃって男子に見られたりしたら死にたくなるよね」

そこまで聞こえてしまったところで、僕はこらえきれずに別の列へと移動する。男子に知られたくないことなら、こんなふうに聞こえるような声で話さないでほしい。

耳が赤くなっている気がして帽子の位置を直すふりをしていると、順番が回ってきた。

僕は救われた思いでプールの中へ入る。ピ、という笛の音を合図に勢いよく潜ると、冷えた水を心地よく感じた。

図工の時間は、いつもちょっとだけわくわくして、同じくらいがっかりする。

絵でも工作でも、こんなふうにしたい、と頭の中で思い描くものが、どうしても上手く形にならないのだ。

思いついたときはものすごく素晴らしいアイデアに思えて、取りかかってすぐ、よしよしいい滑り出しだぞと思う。完成するのが楽しみで、誰かに見せるためというよりも、何より自分自身がそれを見たくて、とにかく夢中で手を動かしていく。でも、ふと気づくと、あれ、となっているのだ。

自分がどこで何を間違えたのかがわからない。

でも、明らかに思い描いていたものと目の前の作品はかけ離れている。

形？　色？　原因を探りながらちょっとずつ手を加えていくものの、こんなことでは完成形に辿り着くことはないのだろうと、どこかで知っている。そうこうしているうちに、そもそも自分がどんな完成形を目指していたのかもわからなくなり、まあ大体こんなものかとあきらめたところでチャイムが鳴るのだ。

僕はいつものように首をひねりながらパレットに絵の具をしぼり、筆でぐるぐるとかき混ぜた。

何となくもう少し暗い色な気がして黒い絵の具を足し、黒くなりすぎたことに気づいて赤い絵の具を手に取る。

描いているのは、作業台に置かれたりんごだ。

図工室内に限らず、授業中の教室以外ならどこでも好きな場所へ行って好きなものを描いていいと言われたものの、先生が最初のお手本で説明したのがりんごだったものだから、これが一番マシに描ける気がしたのだ。

図工室の中心に置かれたりんごの周りには、クラスメイトのほとんどが、ぐるりと円を描くような位置に並んでいる。

その中には川上さんもいた。

どんなふうに描いているのか気になって首を伸ばすと、一瞬、川上さんの絵以外のものが視界から消える。

――どうして。

そこにあるのは、僕が描こうとしていたのと同じりんごのはずだった。同じ時間、同じ鉛筆と絵の具を使って描いていたもの。

なのにそれが信じられないくらい、僕の絵とは全然違う。僕みたいにりんごだけを描くんじゃなくて、その下にある影や作業台の傷だらけの木目、さらにその奥にある背景までもが丁寧に描き込まれている。

写真なんじゃないかと思うくらい本物と同じ形と色をしていて、だけどなぜか本物よりも本物っぽかった。

本物は、ただ作業台に置かれているだけのりんごでしかなくて、ちゃんと見なければと思っても目がその後ろとかに泳いでしまうのに、川上さんのりんごからは目が離せない。

おいしくなさそう、と思い、本物を見ると、たしかにおいしくなさそうだった。ずっと授業で使われているからか、別にしわしわになっているとか傷があるとかいうわけではないのに、どことなく元気がなさそうに見える。

赤っぽいところも、黄色っぽいところも、茎の茶色っぽいところも、全体的にくすんでいる感じで、その「っぽい」感じ、くすんだ感じをどの絵の具を組み合わせて作り出しているのかがわからない。

そう言えば、前に川上さんの猫の絵を見たとき、柔らかい毛の感触や温度までが伝わってきそうだと思ったことを思い出した。丸くて大きな瞳(ひとみ)がキラキラ輝いていて、軽く上げられた前脚は今にも動きそうだった。おじいちゃんの家で初めて猫を抱っこしたとき、川上さんの絵の通りだと驚いたことまでが蘇(よみがえ)る。

自分の絵に視線を下ろすと、そこには赤と黒の絵の具を混ぜただけの丸い塊があった。

別のものを描けばよかった、と思い、もう一度図工室を見渡す。

りんごの周りの円から外れたところには、鹿の角を描いているグループや、観葉植物を描いている人たち、外で写生してきた景色に色づけをしている面々がいる。

その中に一つ、空いている席があって、そう言えば水谷くんの姿が見当たらないことに気づいた。

机の上には、絵とパレットと筆が置かれたままになっている。

描かれているのは、校庭にある木のようだった。

ゴツゴツした茶色い幹の先に、ひょろひょろした黒っぽい枝が伸びている。その上に描かれている葉には、まだ色が塗られていない。

ふと窓の近くまで行ってその木を見下ろすと、水谷くんがいた。水谷くんは真剣な顔で、じっと木を見ている。落ちている葉を一枚拾い上げ、それを観察するように間近に見たり、光にすかしたりしている。その仕草は川上さんがよくやるものに似ていて、何だかすごく絵を描く人っぽかった。

水谷くんは、僕と同じでそれほど絵が上手いわけじゃない。だけど、きっとそんなことは少しも気にしていないのだろう。

ねえ、という囁（ささや）くような声がしてハッと振り返った。だが、誰とも視線が合わない。気のせいだったのだろうかと顔を戻しかけたところで、谷野さんが川上さんの横に立っているのが見えた。

先ほどプールサイドで聞いてしまった話が脳裏をよぎる。

嫌な予感がした。いつもクラスの中心にいて、休み時間には同じように派手な女子たちと大きな声で笑っている谷野さんと、大体一人で席に座って絵を描いている川上さんが直接話しているところを見るのは珍しい。

何を言うつもりなんだろう、と思いながら僕が席に戻るのと、谷野さんが先ほどよりも少し大きく、強い声で、ねえ、川上さん、と呼びかけるのがほとんど同時だった。

そのどこか苛立（いらだ）ったような声音に、川上さんを挟んで僕と反対側にいた久保（くぼ）くんも顔を上げる。

谷野さんの隣には、合田さんの姿はない。図工室内を見回すと、隅の方にいた合田さんは驚いたような顔をしていた。

——ということは、二人で示し合わせて話しに来たわけじゃないんだろうか。

「川上さんってば」

谷野さんが中腰になり、川上さんの耳元に口を近づけて再び呼ぶ。

だが、川上さんは顔を上げなかった。

谷野さんの耳が赤くなる。

まずい、と咄嗟に思った。きっと川上さんとしてはただ絵に集中しているだけなんだろうけど、谷野さんをわざと無視しているような形になってしまっている。

「川上さん」

さらに何人かが顔を上げた。

僕も腰を浮かせる。教えてあげなきゃ、と思った。川上さん、谷野さんが呼んでいるよ、と。本当に気づいていないのだろう川上さんにも、川上さんが気づいていないことに気づいていないかもしれない谷野さんにも。

だけど、僕が口を開いて「川上さん」と声をかけた瞬間、谷野さんが突然バケツが載っている椅子を蹴倒した。

「あ」

バケツが勢いよく倒れ、中に入っていた絵の具入りの水が川上さんにかかる。

「うわ！」

久保くんが叫んで飛び上がり、一拍遅れて「きゃあ！」という女子の声が背後から上がった。

それを合図にしたように、図工室中が大騒ぎになる。

え、何、どうしたの。

今いきなり谷野がバケツをひっくり返して。

やだ、ひどい。

おい、こっちまで飛んでるぞ。

流れてきた！

すげー、やべー！

「ちょっと何をやっているの！」

先生が声を上げたところで一瞬静かになり、その空白をかき消すように、またみんなが口々に説明を始めた。

谷野さんが川上さんに水をかけたんです。

川上さんは何もしてないのにいきなり。

つーか俺の絵にもかかったんだけど！

うわー、びしょびしょじゃん。

やだー何これ。

途中からまた説明以外の言葉が交ざり始めたのを、先生が「谷野さん」という厳しい声で止める。

「本当に谷野さんがやったの？」

谷野さんはうつむいたまま答えなかった。綺麗（きれい）なリボンで結んだ髪の隙間から見える耳が真っ赤になっている。

「谷野さんがやりました！」

「先生は、谷野さんに聞いています」

はしゃいだような久保くんの声を先生がぴしゃりと遮った。久保くんはふてくされた顔になり、マジでありえねえんだけど、と隣の三井（みつい）くんに向けてぼやく。

「見てよ、俺の絵にもかかったし」

だが、三井くんが「むしろかっこよくなったじゃん」と言うと、「あ、そう？」とあっさり表情を和らげた。

「谷野さん」

先生は谷野さんの前にしゃがみ、顔を覗き込む。

「ねえ、みんなの話、本当なの？」

重ねて問いかけられて、谷野さんはちょっとだけうつむくくらいの小ささで首を縦に動かした。

「どうして？」

だが、それ以上は口を開かない。

唇を噛みしめたまま、自分のつま先をにらみつけている。

先生は立ち上がって腰に手を当て、川上さんを振り返った。

「川上さん、大丈夫？」

見ると、川上さんは微かに痛みをこらえるような顔をしていた。だが、先生が「どこか痛い？」と聞いた途端にすっと無表情に戻り、「大丈夫です」と答える。

「とりあえず体操服に着替えましょう」

先生が川上さんの腕を引いて立たせた瞬間、谷野さんがハッとしたように顔を上げて川上さんを見た。

川上さんの薄い水色のスカートの腰からお尻にかけての部分が、赤と茶色が混ざったような汚い色で汚れてしまっている。

さらに、五分袖の黒いカーディガンからも、ぽたぽたと汚れた水が滴り落ちていた。

――ひどい。

「大丈夫、水彩だからすぐに洗えば落ちるからね」

先生は慰める口調で言ったが、いつ泣き出してしまってもおかしくない有様だった。けれど、川上さんは泣きそうな顔をすることはなく、ただ自分が描いていた絵を見ている。

「ほら、染みになっちゃうから早く」

先生は川上さんの背中を押した。川上さんはそれでも数秒絵を見つめてから、ふっと視線を外して歩き出す。

「谷野さんも来なさい」

先生が言うと、谷野さんはすぐに従った。そのまま三人で図工室の外まで出たところで、先生だけが振り返る。

「今日の日直さんは？」

藤井さんと斉藤くんが顔を見合わせながら手を挙げた。

「悪いんだけど、二人で床を拭いておいてもらえる？」

藤井さんは「はい」と答えたが、斉藤くんは「えー何で俺が」と口を尖らせる。先生はきゅっと眉根(まゆね)を寄せた。

少し考えるように黙った後、そうね、とため息交じりに言う。

「床は後で谷野さんに拭いてもらいます。みんなは続きを描いていなさい」

そのまま先生が川上さんと谷野さんを連れて行ってしまうと、みんな当然のように川上さんの席の周りに集まって話し始めた。

えー結局何だったの？

後で拭くって、俺、このままじゃ描けねえし。

みなみちゃん、どうしたのかな。ねえ、えみちゃん知ってる？

尋ねられた合田さんは、首を振った。

「わかんない」

実際、合田さんは本当に混乱しているようだった。

困ったような表情で、汚れた床と川上さんの絵を見ている。

僕も、川上さんの絵を見た。

りんごは無事だ。

でも、作業台が描き込まれていた端の方に水が飛んでしまっている。

合田さんがポケットからハンカチを取り出した。その隅の部分を、絵にかかった水にそっと押し当てる。指先で優しくとんとんと叩くような手つきは、何だかすごく大人びて見えた。

合田さんがハンカチを外すと、絵の汚れはパッと見ではわからないくらい薄くなっていた。合田さんは短く息を吐き、手洗い場へ向かう。ハンカチを軽くすすぎ、窓枠に干してから、雑巾を手に取った。川上さんの席の前まで戻ってきてスカートを膝にたくし込み、床を拭き始める。

「あ、いっけないんだー、先生は谷野にやらせるって言ってたのに」

「うっさい、バカ」

茶化した大木くんに言い返し、大木くんが、おお、こわ、と身震いする真似をした。合田さんはそれ以上は何も言わず、すばやく床を拭き終えると、再び手洗い場へ向かう。

そのまま、今度は時間をかけて雑巾をゆすぎ続けた。

どこか心細そうに、でも、誰にも話しかけてもらいたくないと背中で主張するように。

その姿に、僕は何をどう考えればいいのかますますわからなくなる。

どうして谷野さんは川上さんに水をかけたりしたのか。無視されてカッとなっただけなのか、それともやはりプールのときに話していたことが関係しているのか。

プールのときに話していたアレというのが何のことなのかは、僕にも察しがついていた。だけど、それに腹が立つというのがそもそもピンとこない。僕にはわからないだけで、女子にとっては許せないことなんだろうか。

——それとも、さっき僕がもっと早く声をかけていればよかったんだろうか。

考えがぐるぐるしてしまい、お腹の中がもやもやした。

誰か教えてくれないかな、と思ったけれど、わかっていそうな人がいない。水谷くんはまだ戻ってきていなかった。

結局、僕は先生たちが戻るのを待つしかなかった。先生か、谷野さんが理由を説明してくれるのを。

でも、戻ってきた先生は、谷野さんは絵の具のチューブが落ちているのに気づいて教えてあげようとしただけで、話しかけても気づかない川上さんの肩を叩こうと近づいたところで間違ってバケツを倒してしまったのだと説明した。

そんなバカな、とまず思った。だって、さっきの動きは明らかにわざと狙いをつけて蹴っている感じだった。

でも、他には同じように思った人はいなかったのか、それとも思っても言えないだけなのか、誰も何も言わなかった。

「谷野さんは川上さんにきちんと謝って、川上さんも『いいよ』と答えたので、もうこの話は終わりです。みんなも、このことで谷野さんや川上さんを責めたりしないように」

先生は有無を言わさぬ口調で言うと、はい、と話を打ち切るように手を叩く。

「じゃあ、そろそろ授業が終わるから、みんな道具を片づけて」

「せんせー、さっき合田さんが勝手に床を拭いてましたー。」大木くんが間延びした声で言いつけた。先生は、「あら、合田さんありがとう」とあっさり言うと、図工室の入り口で立ったまま動かない川上さんと谷野さんの背中を促すように軽く押す。

体操服姿の川上さんは静かに席に戻り、谷野さんのところには合田さんが駆け寄った。谷野さんは強張らせていた表情をほんの少し緩める。

きっと合田さんは後で谷野さんから本当の理由を教えてもらえるんだろうな、と思った。

だけど、僕はずっとわからないままで、もやもやしたまま忘れようとするしかない。

筆とパレットを手に手洗い場へ向かうと、図工室の入り口から水谷くんが入ってくるところだった。

「水谷くん」

僕は水谷くんに駆け寄る。今さ、と言いかけて、そこで止めた。

「……後で話す」

「そうか、わかった」

水谷くんは、それだけで了解したように自分の席へ向かっていった。

・

なるほどね、と水谷くんは鼻の下を指でこすった。

「たしかに、それは謎の匂いがするね」

いつものセリフを口にして、胸の前で腕を組む。

放課後の校庭、半分地面に埋まっているタイヤの列には僕と水谷くんだけ、というシチュエーションも含めて見慣れた光景だ。

僕は、タイヤから腰を滑らせて身を乗り出した。

「何かわかった？」

「君は、僕のことを情報を入れれば答えが出てくる機械みたいに思っているところがあるよね」

水谷くんは気分を害したというよりも、単に分析するような口調で言う。僕は、ごめん、と謝ってから、で、と続けた。

「水谷くんはどう思う？」

「まあ、騒がない方がいいだろうね」

「どうして？」

水谷くんが小さく首を傾ける。

「逆に訊くけど、収まった話をもう一度蒸し返して何かいいことがある？」

「ないけど……」

そう、水谷くんの言う通りなのだ。

川上さんと谷野さんの間で話をしてお互いが納得しているのであれば、先生が言っていたことが本当でもそうじゃなくても、外野の僕がどうこう言うことじゃない。僕が変に騒いだりしたら、余計に川上さんが嫌な思いをすることになるかもしれないのだ。

「でも……ひどいよ」

「つまり、君は義憤に駆られているわけだ」

「ぎふん？」

「道義に外れたことや不公正なことに対する怒り」

水谷くんは辞書に載っている説明を覚えているように解説してくれる。どうぎ、というのはやはりよくわからなかったが、不公正というのはわかった。

「うーん、不公正なのかどうかはわからないけど」

「わからないことが気持ち悪い？」

「うん、まあ、そう」

なるほど、と水谷くんは顎を撫でる。

「本当に先生が言うように間違ってバケツを倒してしまっただけならそんなにひどくないかもしれないけど、自分が見た印象ではそれが本当ではない気がするし、かと言ってプールのときの話が原因というのもピンとこない。何が本当の理由なのかわからないから、ひどいと思うのも違うのかもしれないけど、とりあえず汚れた水を服にかけられたことはかわいそうだから、ひどい」

水谷くんはすらすらと言った。

「本当にひどいと思うことなのかわからないのに、とりあえずひどいと思ってしまっている状態が気持ち悪いから、本当のことを知りたい」

「うん、そう」

僕はうなずきながら、やっぱり水谷くんはすごい、と思う。どうして、こんなふうに僕自身にも上手く言葉にできない気持ちを言い当てられるんだろう。

水谷くんは、「語り手である君が、どんな気持ちでその現場を目撃したかを整理するのは大事だからね」と当然のことのように言った。

僕は首を傾げる。

「大事なの？」

「見たものをありのままに話しているつもりでも、その人が持っている印象によって話の中で出てくる情報は変わる」

水谷くんは人さし指を立てて宣言した。まるで、名探偵の鉄則を助手に向けて話すように。

それで僕も、見たものをありのままに、と口の中でつぶやく。

たしかに、そうかもしれない。絵だって、僕は見たものをありのままに描いているつもりだったのに、描かれた絵は全然ありのままになっていなかった。

「川上さんは、たしか図工室の――黒板側を北だとすると東の方でりんごを描いていたよね。谷野さんはどこで何を描いていた？」

「さあ……」

僕は視線を宙にさまよわせる。記憶を探るが、谷野さんが元々どこにいたのかはまったく思い出せない。

「じゃあ、行こうか」

水谷くんはタイヤを降り、校舎の方へ向かって歩き始めた。

「どこに行くの？」

「図工室」

水谷くんは歩を緩めず、前を向いたまま答える。

「忘れ物をしたとでも言って先生に入れてもらおう」

「何しに行くの？」

「もう一つ」

水谷くんは、再び人さし指を立てた。

「まずはとにかく現場へ行け」


水谷くんは職員室に行き、図工室に消しゴムを忘れてしまったと話した。明日にしなさい、と言う先生に、消しゴムを一個しか持っていないので、このままだと宿題ができません、と食い下がって鍵(かぎ)を借りる。

そのまま足早に図工室へ向かうと、躊躇（ためら）いなくみんなの描きかけの絵が並べられている作業台に近づいた。

「谷野さんの絵を探して」

絵に視線を走らせながら、短く言う。

僕は水谷くんとは反対側から、端が少し波打っている画用紙を一枚一枚めくっていった。

二列目の一番下をめくったところで、谷野みなみ、という文字が現れる。

「あった」

顔を上げると、水谷くんは川上さんの絵を見ているところだった。〈川上千絵（ちえ）〉と裏に書かれている画用紙を戻し、僕の前まで来て谷野さんの絵を受け取る。

谷野さんの絵には、観葉植物が描かれていた。

濃い緑の葉に薄い緑で模様が描き込まれていて、本物とどのくらい似ているのかはわからないけれど結構上手だ。

そう言えば、りんごや鹿の角の他にも、観葉植物を描いている人たちがいたなと思い出した。

「観葉植物が置かれていたのは、あっちだよね」

水谷くんは図工室の黒板側の隅を指さす。

そこは、僕がいた席からも見えるところだった。けれど、りんごに向き合ってしまえば完全に視界に入らなくなる。

「行こう」

水谷くんが絵を戻して図工室を出た。僕は後ろから追いかけて、「何かわかったの？」と尋ねる。

「とりあえず鍵を返してから」

水谷くんは慣れた仕草で鍵をかけ、職員室への道を戻り始めた。僕はランドセルの肩ベルトをつかみながらついていく。

廊下を歩く間、水谷くんは無言だった。

こういうときは話しかけない方がいいというのを、僕は経験上知っている。きっと今頃、水谷くんの頭の中ではいろいろな情報が整理されているのだ。

職員室で鍵を返すと、水谷くんは校門へ向かった。さっきまでいたタイヤのところでは、他の学年の女子たちが馬跳びをしている。

僕は小走りで水谷くんの横に並んだ。それでも水谷くんはずんずんと前だけを向いて歩いて行く。しばらく進んだところで、ふと通学路ではない道へと曲がった。どこへ行くの、と問いかけようと口を開きかけた瞬間、唐突に足を止める。

「可能性はいくつかあると思っていた」

水谷くんは、ほとんどひとり言のように言った。

——始まった。

僕はランドセルの肩ベルトをつかむ手に力を込める。

「まず考えたのは、君がプールのときに聞いたという話だ。でも、川上さんがズル休みをしたのだと思って憤ったとしても、それで突然水をかけるというのはさすがにやりすぎだ。じゃあ、他に何か理由があるのか」

水谷くんはガードレールに腰かけた。

「次に考えたのは、川上さんの絵の背景に谷野さんが描かれていたという可能性だった。そこに描かれていた自分の姿が嫌なものだったから、やめてほしいと言いに行き、でもいくら呼びかけても返事をしてくれないから、カッとなってバケツをひっくり返した」

僕は、考えてもみなかった指摘に息を呑む。

けれど言われてみれば、それは腑に落ちるものだった。耳を赤くして、声をひそめて何度も話しかけていた谷野さんは、たしかに何かに焦っているように見えた。

「でも、川上さんの絵の焦点はりんごに合っていて、背景はそれほど鮮明には描かれていなかった。それに、そもそも谷野さんが座っていたのは川上さんの背中側だから、描かれているはずもなかった」

「あ」

僕は間の抜けた声を出した。

――そりゃそうか。

納得しかけたことが恥ずかしくなる。

「そして、二人がりんごと観葉植物というまったく別の絵を描いていたことから、もう一つの可能性も否定できる」

「もう一つの可能性？」

僕が首を傾げると、水谷くんは僕を見た。

「君も言っていただろう。――『僕が描こうとしていたのと同じりんごのはずなのに、それが信じられないくらい、僕の絵とは全然違う。別のものを描けばよかった』」

「それが何なの？」

「せっかく頑張って描いたのに、川上さんがこんなに上手に描いたら、自分の絵が下手に見えてしまう。川上さんの絵がなければ……」

「そんなこと思わないよ！」

僕は慌てて遮る。

「そりゃあ別のものを描けばよかったとは思ったけど、だからって川上さんの絵がなければなんて」

「君は思わないだろうね」

水谷くんは、メガネの位置を直しながら言った。

「だけど、誰もが同じように考えるとは限らない」

「そんな……」

「まあ、でもこの可能性は潰（つぶ）れているわけだから」

水谷くんはあっさり言うと、また前を向いてガードレールに座り直す。

僕はうつむき、数秒してから顔を上げた。

「じゃあ、水谷くんは結局何が本当の理由だったと思っているの？」

水谷くんは、これは推理というよりも推測の域を出ないけど、とことわってから、

「やっぱりプールの話が原因だったんじゃないかな」と続ける。

「プールの話？　やっぱり、川上さんがズル休みをしていると思ったからってこと？」

「いや、逆だよ」

水谷くんは、前を見たまま言った。

「ズル休みをしていると思ったからじゃなくて、やっぱりズル休みじゃなかったんだと思ったから」

――ズル休みじゃなかったんだと思ったから？

「ズル休みじゃなかったと思ったんなら、怒る理由もなくなるんじゃないの？」

「たとえばもし、川上さんのスカートの腰のところが血みたいな色で汚れていたとしたら？」

「血？」

「生理だよ」

　水谷くんは躊躇いなくその単語を口にした。

「川上さんは、体調が悪いと言ってプールを休んでいた。そして、谷野さんはそれを生理のせいにしていると考えていた。プールのときは、そんなにしょっちゅう生理が来るわけがないからズル休みのはずだと考えていたみたいだけど、実際にその汚れを見たら、生理だというのは本当だったのかもしれないと考えた。生理の血が漏れてしまっているんじゃないかと」

　そこまで一気に言うと、小さく息継ぎをする。

「谷野さんの席は、川上さんの席のちょうど背中側にあった。何かの拍子に気づいて、川上さんに教えてあげようとこっそり声をかけに行った。でも、川上さんは話しかけても気づいてくれなかった。そうこうするうちに、周りの席の人たちの方が先に顔を上げてしまう」

僕は目を見開いた。

「『漏れちゃって男子に見られたりしたら死にたくなる』──そう考えていた谷野さんは、慌てた。このままじゃ男子に見られてしまう。それはかわいそうだ。何とか早く伝えようと焦っていたときに、男子の一人が川上さんに声をかけ始めた」

男子──僕だ。

「谷野さんは、咄嗟に目の前にあった、赤と茶色が混ざったような色の水をかけた。そうすれば、赤い汚れがあっても、絵の具のせいだと思ってもらえるから」

谷野さんは、川上さんに意地悪をしたわけではなかった。

むしろ、助けようとしていた。

頭の中がぐるぐるする。あんなふうに悪口を言っていたのに。なのに、自分が怒られてまで助けようとするなんて。

僕には、矛盾した行動にしか思えなかった。

でも、そう言えば合田さんも、川上さんの絵を拭いていた。川上さんと谷野さんが先生に連れられて出て行った後、雑巾じゃなくて自分のハンカチを使って丁寧に。汚れがほとんどわからないようになって、ホッとしたように息を吐いていた合田さん。

「……僕が、川上さんに声をかけようとなんてしなければ」

「まあ、どっちにしても川上さんは話しかけられていることに気づいていなかったんだし、遅かれ早かれ同じ結果になったかもしれない、」

ふいに、水谷くんが言葉を止めた。

僕は不思議に思って顔を上げる。

水谷くんは、僕の後ろを見ていた。水谷くんらしくない、動揺した表情で。僕はハッと背後を振り返り、固まった。

そこには、川上さんがいた。

川上さんは、水をかけられる前と同じ格好をしていた。

薄い水色のスカートに、アイスの絵が描いてあるTシャツと黒いカーディガン。先生が洗ってすぐに干してくれたのか、すっかり乾いて何事もなかったみたいになっている。

──今の話を聞かれていたら。

せっかくの谷野さんの思いやりが台なしだ。

よりによって男子である僕たちが、こんな話をしていたなんて。

──僕が、本当の理由にこだわり続けたばっかりに。

「水谷くんって本当に何でもわかっちゃうのね」

川上さんは、小さな声で言った。

「何でもわかるってことはないけど」

水谷くんも少しだけくぐもった声で答える。

だが、おそるおそる顔を上げると、川上さんはいつもと同じ静かな顔をしていた。

そのことにまずホッとして、それから、何でもわかっちゃうということは、やっぱり水谷くんが言ったことが本当だったんだろうか、と考える。

「ねえ、水谷くん」

川上さんは、水谷くんの方だけを見て口を開いた。

「ちょっと相談に乗ってもらえないかな」

「相談？」

水谷くんが、首を小さく傾げる。

僕は川上さんをじっと見た。

水谷くんに相談を持ちかける人は少なくない。ねえ、神さま、どうしよう。みんな、そんなふうに簡単に水谷くんを頼る。

朝ランドセルに入れたはずの宿題がないんだよ。お姉ちゃんとケンカしちゃって。ピアノをやめるかどうか迷ってるの。お母さんはダメだって言うし、私もちょっともったいないかなとも思っているんだけど、どうしたらいいと思う？

もはや、ただの愚痴と変わらないようなものも多いけれど、それでも水谷くんはいつも真剣に相談に乗ってあげる。実際のところ、みんな解決策を知りたいというより、水谷くんに話を聞いてもらいたいだけなんじゃないかと思うこともある。

だけど、だからこそ川上さんが水谷くんに相談を持ちかけるというのは意外だった。相談どころか、そもそも川上さんが自分から誰かに話しかけるところなんてほとんど見たことがない。

川上さんは、顎を引くようにしてうなずいた。

「父親のパチンコ通いをやめさせたいの」

「パチンコ？」

僕は思わず復唱する。

それは、何というかすごく予想外な単語だった。

もちろん街の中にはいくつもパチンコ屋があるし、その前を通ったことだって何度もある。けれど、その場所を意識したことはなく、言葉にしたこともなかった。大人の中の誰かが行く場所というだけの、別世界の言葉だったのだ。

でも、川上さんは、「そう、パチンコ」と当たり前のことを口にするように繰り返す。

「パチンコさえやめられれば仕事も見つかるはずだから」

「今は働いてないの？」

「ちょっと……目が悪いから」

水谷くんの質問に、まつげを伏せて答えた。水谷くんは少し考えるようにしてから、

「それは昔から？」と問いを重ねる。

川上さんは首を振った。

「二年くらい前に目の病気になっちゃって」

「パチンコはできるっていうことは、全盲ではないのかな」

「どういう呼び方をするのかはよくわかんないけど」

川上さんはわずかに眉根を寄せた。

「目が悪いって言っても、全然見えないわけじゃないの。ただ、何ていうか、視野が

すごく狭くなっちゃったみたいで」

なるほど、と水谷くんが相槌を打つ。

「それで仕事を辞めちゃったっていうこと？」

「そう」

「お母さんは？」

「私が小さい頃に病気で死んじゃった」

僕は言葉を挟めなかった。川上さんが水谷くんの方を見ているというのもあるけれど、それ以前に自分が何を言っていいのかわからなかったのだ。

お父さんが病気で仕事を辞めてしまったというのも、お母さんが死んでしまったというのも、どれも僕には想像もできないくらい恐ろしい、僕の日常からはあまりに遠い話だった。

それらを感情を見せずに話す川上さんが本当のところどんな気持ちでいるのかわからない自分が、使っていい言葉が見当たらない。

「父親もやめようとはしているんだよ」

川上さんはギザギザの爪の先をいじりながら言った。

「もう二度とやらないって何度も宣言してるし、次の朝に行かないで済むようにって、夜にたくさんお酒を飲んだりもしてるし」

そこで一度言葉を止め、僕たちを見た。僕は少しどきりとする。川上さんと目が合うのは初めてだ。

「えっと、パチンコって、お店が開く時間より前に行って並んで、いい台を取らなきゃいけないの。寝坊したらその時点で終わりだから、そうすればあきらめがついて行かなくて済むっていう話で」

川上さんは解説してくれたけれど、僕は余計に意味がわからなくなった。やめようと自分で思っているのなら、行かなければいいだけではないのか。

「それで何とか行かなくて済む日もあるんだけど、やっぱりまた行っちゃうんだよね。お店が開く時間の前になるとそわそわしてきて、とりあえず今日は外から様子を見るだけ、とか言ってお店に行くと、千円だけって言って中に入っちゃう。入っちゃったら、後はもういつも一緒。——せっかく来たんだしせめて一回当たるまで、せっかく当たったのにここで止めるなんてもったいない、これじゃ負け越しになってしまうからせめてプラマイゼロにするまでは」

川上さんは、まるで何かを読み上げるように淀(よど)みなく言った。

「たまに景品のお菓子とかジュースとかカップラーメンとかを持って帰ってきてくれ

ることもあるけど、たぶんほとんど負けてるんだと思う」

　そこで再び、僕たちを見比べるように見る。

「最初に行っていたお店は出禁になったらしくて、その近くにある別のお店に通うようになったんだけど、そこに行くようになってから負けることが増えたみたい」

「デキン？」

　僕が訊き返すと、「出入り禁止」と短く答えた。

「とにかく、お店に入ったら終わりなんだよ」

　川上さんが口をつぐむ。

　唇を引き結んだその姿に、そう言えばこんなに川上さんがしゃべるのを見るのも初めてだ、と気づいた。

　いつも必要なことしか――時に、必要なこともしゃべらない川上さん。

　その川上さんが、こんな相談をしてくれている。

　力になりたい、と思った。

　川上さんが相談しているのは、みんなの神さまである水谷くんなのだろう。でも、僕も何とかして役に立ちたい。

　僕は拳を握った。頭の中で、今の川上さんの話を反芻する。

仕事もせずにパチンコ屋に入り浸っているという川上さんのお父さん。自分でもやめようと思っているのに、あきらめがつくような状況にならないとどうしても行ってしまう。最初に行っていたお店を出禁になって、新しいお店に通うようになってから負けることが増えた。とにかく、お店に入ったら終わり――

僕は、ハッと顔を上げる。

「また出禁になったらどうかな」

川上さんが微かに見開いた目で僕を見た。

僕は耳たぶが熱くなるのを感じながら、そうだ、と思う。

お店に入ったらダメなんだったら、お店に入らなければいい。自分で入るのをやめられないのなら、お店の側から川上さんのお父さんを入れないようにしてもらえばいいのだ。

「お父さんが自分からやめられないのなら、やろうと思ってもやれないような状況になっちゃえばいいんじゃないかと思って」

「それ、いいかも」

川上さんが声のトーンを上げた。

僕は、自分が正解を口にしたのだとわかって嬉しくなる。

「前のお店を出禁になったときは何をしたの？」

「それが……その話をするとすごく怒るから、なかなか詳しく聞けなくて」

川上さんは、視線を手元に落とした。

僕は、水谷くんがよくやっているみたいに鼻に拳を当てる。パチンコ屋を出禁にな
る方法——見当もつかない。

「水谷くん」

顔を上げて呼びかけると、水谷くんはしばらく考え込むような間をおいてから、ま
あ、基本的には店が嫌がるようなことをすればいいんじゃないかと思うけど、とつぶ
やいた。

そして、なぜか無言で川上さんを見据える。

川上さんも水谷くんを正面から見返した。二人が見つめ合う形になる。

先に視線を外したのは水谷くんの方だった。

「こういうのは実例を調べた方が早いかな」

ガードレールから降りて元来た道を戻り始める。

水谷くんが先頭に、それから川上さんと僕が並んで続く形になった。

その見慣れない光景に、何だか少し不思議な気持ちになる。

水谷くんと川上さんと僕。普段なら集まったりすることなんかない三人組だ。視界の端に川上さんが映っているものの、かける言葉が見つからない。何となくそれが気詰まりで、水谷くんに「どこに行くの？」と尋ねると、「家」という答えが返ってきた。

「家？　水谷くんの？」

「うちのパソコンが一番使い慣れているからね」

水谷くんは淡々と答える。

僕はほんの少しわくわくした。

水谷くんの家には何度か行ったことがあるけれど、中まで上がったことはない。川上さんと一緒に行くのも初めてだ。

五分ほど歩いて、水谷くんがクリーム色の五階建てのマンションの前で足を止めた。ランドセルからパスケースを取り出し、カードキーでオートロックを解除して中に進んでいく。

そのままエレベーターで三階まで上がった。

「お母さんは？」

「仕事。この時間は誰もいないから気にしなくていいよ」

鍵を開けて中に入る水谷くんの後に続き、玄関で「お邪魔します」と言ってから靴を脱ぐ。

家の中の空気はむわっとしていて、誰もいないという水谷くんの言葉が実感された。うちはいつも家にお母さんがいるから、帰ってきてすぐもエアコンが効いている。

廊下を進んで二つ目の部屋に入ると、水谷くんはまずエアコンをつけた。唸（うな）るような音と一緒に冷風が吐き出され始める。

部屋の中は、僕の部屋とそれほど変わらない。ベッドがあって、机があって、そのそばに鞄（かばん）や帽子がかけられていて――違うのは、大きな本棚に本がびっしり入っていることくらいだろうか。

水谷くんが机に向かったので視線を向けると、それは僕が使っているのと同じ形の学習机だった。小学校に入学する直前に買ってもらったレンジャーレンジャーとのコラボデザイン、貼られていたシールは剝（は）がされているようだけど、引き出しについている取っ手の形も棚の位置も同じだ。何となく水谷くんは大人っぽくてシンプルな机を使っていそうなイメージがあったから、意外に思いながらも嬉しくなる。

「これ、僕の机と同じ」

「そうなの？」

「これ、レンジャーレンジャーのやつでしょ。僕のもこれなんだ。水谷くん、レンジャーレンジャー好きだったの？」

「いや、これは魔法使いキララの」

「魔法使いキララ？」

「姉のお下がりだから」

水谷くんは椅子に腰かけると、ノートパソコンを開いた。

「それもお姉ちゃんの？」

川上さんが画面を覗き込む。

「これは家族の」

「家族のなのに水谷くんの机に置いてあるの？」

「一番使うのが僕だからね」

水谷くんは、言葉を裏づけるようにものすごい速さでパスワードを入力し、パソコンが立ち上がるや否やマウスを使って検索画面を表示した。

〈パチンコ　出禁〉

打ち込んでエンターキーを押すと、検索結果がずらりと並ぶ。

使い慣れた様子に、水谷くんは親から信頼されているんだろうな、と思った。僕は、パソコンには親の前でしか触らせてもらえない。どうせＹｏｕＴｕｂｅばっかり見るでしょう、と言われるだろうし、たぶん実際そうなる。

水谷くんがサイトを開いた。僕が読み終わらないうちに次のサイトに移る。ブログや掲示板や質問サイトの、どこを見れば探している情報が見つかるのかわかっているようだった。

「なるほど」

水谷くんは、小さくつぶやく。

「これが一番わかりやすいかな」

言いながら検索画面に戻り、パチンコ屋の元店員のブログらしきページを開き直した。たくさん並んだ文字の上にカーソルを置いて、その部分だけ色を変えてくれる。

〈僕が実際に見たことがあるのは、店員に暴力を振るった、負けた腹いせにパチンコ台のトレイの部分にコーヒーを流した、とかですね。コーヒーは意外によくあって、ビールとかの場合もあります。うちの店では、一回目は厳重注意、二回目でアウト、という感じでした。あとは、即出禁になるのは、やはりゴトでしょうか〉

「ゴトって？」

川上さんが身を乗り出して尋ねた。水谷くんはすぐに別のウィンドウを開いて〈ゴト〉と打って検索する。

〈パチンコやパチスロにおいて不正な方法で出玉を獲得するいかさま賭博〉

現れた説明は、わかるようでよくわからなかった。

水谷くんが画面をスクロールしていくと、見たこともない言葉が次々に出てくる。

〈ぶら下がり、裏モノ、コイン戻し、ガセ玉、油ゴト、磁石ゴト、釘曲げゴト、ショートゴト、ホッパーゴト、糸付き玉――〉

「……何か、いろいろあるんだね」

「要するに、ズルをして無理やり勝とうとすることとみたいだね」

水谷くんは画面を下までスクロールすると、元店員のブログを開き直した。

「とにかく、こういう店側にとって迷惑なことをすれば、出禁になる可能性が高いらしい」

僕はパソコンの文字をもう一度目で追う。

「店員に暴力っていうのはないとして、コーヒーとかビールを流すっていうのは……

ああ、でも、どうやってお父さんにやらせるのかわからないか」

「それ以前に、それは店に本当に迷惑をかけるからやめておこう」

水谷くんがそう言うと、川上さんが「でも」と語調を強めた。

「出禁にさせるなら、迷惑をかけるしかないんじゃないの？」

僕は川上さんの横顔を見る。

表情は、いつもと変わっていなかった。けれど、だからこそ声に切迫感が滲んでいるような気がする。

水谷くんは、そんなことないよ、と否定した。

「ゴトをやろうとしていたのが見つかれば、その時点で出禁になるケースが多いみたいだから、実際に被害を出す前に出禁にさせることは可能じゃないかな」

マウスから手を離して、画面を指さす。

「たとえば、今のパチンコ台は磁石を近づけただけで磁石ゴトが疑われて警報が鳴るらしい」

水谷くんが席を立ち、どこからか表面がホワイトボードのようになっているマグネットシートと、丸いプラスチックがついたマグネットを持ってきた。

今度は机ではなく、床に置いたので、三人でそれを囲んで座る形になる。

「お父さんは目が悪いってことは、顔を近づけて台を見ることもあるんじゃない？　だったらたとえばメガネに磁石を仕込んでおくとか」

僕はまず思いついた案を口にした。

「メガネのどこに？」

水谷くんがかけていたメガネを外す。

僕は水谷くんのメガネを受け取り、ツルの部分を指さした。

「ここに、シート状のやつを細く切って貼るとか」

「それだとかなり細くなってしまうから、磁石を強力なタイプにしたとしてもそれほど磁力が出ないんじゃないかな」

水谷くんがメガネをかけ直す。

「そしたら、金具の部分とかに何枚も重ねて貼るとか」

僕は食い下がったが、水谷くんは、

「重さが出てしまうと違和感で気づかれてしまうかもしれない」

と言ってブリッジを押し上げた。

僕が押し黙ると、沈黙が落ちる。

ふと、三人で磁石を囲んでいる構図の奇妙さに気づいた。きっと傍から見たら夏休みの自由研究の相談をしているようにしか見えないだろう。でも、僕たちは川上さんのお父さんを出禁にするための方法を話し合っているのだ。

「じゃあ、腕時計は？」

川上さんが言った。

「腕時計はそもそも結構重さがあるものだから、薄い磁石なら気づかれにくいんじゃない？」

「そうかも」

僕は顔を上げる。

「時計は……」

水谷くんは何かを言いかけて、「いや、ありかもしれないな」と続けた。

「円盤の裏に隠すなら、それなりに強力な磁石を入れられる」

床の磁石を拾い上げて立ち上がる。そのまま廊下まで出てから、促すようにうなずいた。

川上さんと僕は水谷くんに続いてキッチンへ向かう。

水谷くんは丸いマグネットとマグネットシートを冷蔵庫の扉に並べて貼った。他にも、さっき水谷くんが持ってこなかったクリップタイプの磁石や、飛行機形のマグネット、フック付きのマグネットがある。

水谷くんは一種類一つずつ手に取ると、キッチンバサミを使って磁石部分を外し始めた。

「壊しちゃって怒られたりしないの？」

「壊してないよ。外しているだけ。後で接着剤で貼り直しておけば大丈夫だよ」

川上さんに答えながら、プラスチックがついた丸いマグネットを渡す。

僕にはフック付きのタイプを渡し、外し終えたクリップをキッチンカウンターに置いた。飛行機形に取りかかったところで、硬いなこれ、とつぶやき、自分の部屋へ戻っていく。

水谷くんが持ってきたのは、ペンチと別のハサミ、トンカチだった。

ペンチで飛行機の翼をつかみ、ハサミの先をプラスチックと磁石の間に押し入れて体重をかける。

ぺき、という音と共に磁石が外れた。

川上さんが丸形に苦戦しているのを見ると、

「割っちゃってもいいよ」

とトンカチを差し出す。

川上さんはトンカチをまじまじと見つめた。

「それじゃ壊れちゃうじゃない」

「たしかに」

水谷くんがそう答えた瞬間だった。

ふ、と川上さんの口から小さな息が漏れた。ふいに、からまっていた鎖が解(ほど)けていくように、川上さんの口元が緩み、目が細くなる。

――笑った。

みんなから、どれだけ絵が上手いと褒められても、クラスの誰かが面白いことを言ってみんなが笑っているときも、頬をぴくりとも動かさなかった川上さんが。

僕は胸の奥が疼(うず)くような落ち着かなさを覚える。

どうして僕が笑わせたんじゃないんだ、と思って、そんなことを考えた自分に驚いた。

「あ、外れた」

結局ハサミを使った川上さんの手元で、ぽろりと磁石が転がった。

「よし、じゃあ比べてみよう」

水谷くんが川上さんと僕から磁石を受け取って、冷蔵庫に貼っていく。

少しずつ大きさや厚さが違う磁石を剥がしては貼るのを繰り返し、小首を傾げて再び部屋へ戻っていった。

　残された僕と川上さんは、水谷くんがしていたように磁石を剥がしてみる。

「持つところがないと剝がしづらいね」

　僕がコメントすると、川上さんは、

「これだと磁石の強さがわからない」

と、僕への返事なのかひとり言なのかわからない口調で言った。

　そこへ水谷くんが折り紙の束を手に戻ってくる。

「これを挟んでみよう」

　水谷くんは折り紙を五枚数えて僕に渡してきた。

　僕は冷蔵庫に向き直り、磁石を一つ取って、折り紙を挟む。

「五枚だと余裕すぎるみたいだよ」

　水谷くんに声をかけると、水谷くんは「じゃあ、思いきって二十枚いってみよう」

と言って十五枚数えて渡してきた。

　それを先ほどの磁石に挟んで貼り直すと、ほんの少し危なげではあるものの、何とかくっついている。

「なるほど、二十枚でもいけるか」

どこか楽しそうにうなずく水谷くんの隣で、川上さんが折り紙を数え始めた。

「はい、二十枚」

目の前に差し出された折り紙を受け取るのが一拍遅れる。川上さんは僕の手に折り紙の束が渡るや否や顔を伏せ、また数え始めた。

水谷くんは折り紙を数えるのを川上さんに任せ、裏が白い紙と鉛筆を持ってくる。

〈丸、クリップ、飛行機、フック、シート〉

そう書き込むと僕を振り向いた。

「丸いやつ、留まらなくなるまで挟んでみて」

水谷くんの言葉に、川上さんが数え終えた束とは別にバラの折り紙を差し出してくる。
二十一、二十二、二十三。
「あ、さすがにこれ以上は厳しいかも」

「二十三枚か」

水谷くんが紙に〈23〉と書き込んだ。同様に、他の磁石についても実験を続けていく。

「自由研究みたい」

川上さんがつぶやいた。

その、さっき僕が考えたのと同じ言葉に、僕は何だか嬉しくなる。

「たぶん今年も夏休みの宿題で出るだろうし、三人で共同研究ってことにしちゃおうか」

「磁石の強さを調べるために折り紙を挟んでみました、ってだけじゃ研究としては弱いかな」

水谷くんにはあっさり却下されたが、川上さんが「でも」と言ってくれた。

「磁石を使ったおもちゃを作るのをメインの研究にして、その前に磁石の強さを調べてみたっていうのならアリかも」

なるほど、と水谷くんが顎を撫でる。

「たしかに、ちょうどリニアモーターカーを作ってみたいと思っていたところではあったな」

「リニアモーターカー？　そんなの作れるの？」

川上さんが首を傾げると、うん、とうなずく。

「前にネットで作り方のサイトを見たことがあるから頑張れば作れるはず」

「本当？」

不思議だった。わくわくした。身体の中で、わたあめが膨らんでいくみたいに、楽しい気持ちがいっぱいになる。

「それじゃあさ、無事にこの計画が終わったら、また夏休み中に集まって作ろうよ」

僕は声を弾ませて言った。

その途端、川上さんの顔から表情が落ちる。

しまった、と思った。せっかく楽しい雰囲気だったのに——このままもう少し、この空気のままでいられたらよかったのに。

川上さんが、ゆっくりと細い腕を磁石へと伸ばす。

実験の結果、折り紙を五十二枚も挟んだ、一番強いクリップタイプについていた磁石。

ぎゅっと手の中に握り込み、「うん」と聞こえるか聞こえないかくらいの小さな声でうなずいた。

「これが、終わったら」


決行当日。

僕は、朝から落ち着かなかった。

本当にこの作戦で上手くいくんだろうか。

途中で川上さんのお父さんに気づかれてしまったりしないだろうか。

もし気づかれてしまったら、川上さんのお父さんはどうするのだろう。川上さんがそこまで思い詰めていたことを知れば、今度こそパチンコをやめてくれるのか。それとも――

それ以上は考えを進められず、また最初の考えに戻ってしまう。

川上さんと連絡が取りたいけれど、もう一昨日（おととい）から夏休みに入ってしまっていて、川上さんはプール教室にも来ないから学校で会うことはできなかった。電話番号は知らないし、家の場所もわからない。

朝ごはんがほとんど食べられなくて、お母さんが「夏バテかしら」と心配そうな顔をしたけれど、もちろん理由なんて言えるわけがなかった。

何度も時計を見上げていたら、

「誰かと遊ぶ約束でもしてるの？」

という声が飛んでくる。

「約束っていうか……うん」

ついそう答えてしまい、その自分の答えに背中を押される形で、やっぱりパチンコ屋の前まで行ってみよう、という気持ちが固まった。

「出かけるんだったら、ちゃんと食べていきなさいよ」

お母さんが渋い顔でお茶碗を僕の方へ寄せてきたので、何とか無理やり口に押し込んでから席を立つ。

帽子をかぶってお財布をジーンズのポケットに入れ、もう一度時計を見上げた。十時十五分。

あのパチンコ屋が開くのは十時のはずだ。

飛び出すようにして家を出ると、むわっとした空気が全身を包んだ。一瞬だけ怯みそうになりながらもパチンコ屋へ急ぐ。

ゴトがバレるのにはどのくらいかかるんだろう。そもそも本当に今日やるんだろうか。こうしている間に何か大変なことになっていたりしたら――

横断歩道の前まで来たところで信号が赤になってしまい、立ち止まった途端に汗がどっと噴き出る。

道の反対側を見ると、パチンコ屋が見えた。でも、川上さんが言っていたお店ではない。あそこが、前に出禁になったというお店だろうか。

――喉が渇いた。

そう感じたところで、お母さんが用意してくれた水筒を持ってくるのを忘れたことに気づいた。

それでも信号が青になるや否や再び勢いよく走り始める。横断歩道を渡り終えてから、横断歩道では走っちゃいけないんだったと思い、そんないい子なことを考えた自分に驚いた。自分はお母さんに嘘をついて家を出てきて、これから川上さんのお父さんを罠(わな)にはめようとしているくらいなのに。

――いや、違う。

川上さんを助けるためなのだ。

このままでは川上さんのお父さんはパチンコをやめてくれないから――そう考えながら最後の角を曲がり終えた瞬間だった。

思わず、足が止まった。

え、という声が喉から漏れる。

パチンコ屋の前には、救急車とパトカーがいた。

「えー何、どうしたの？　熱中症？」

ふいに、声が真横を通り過ぎた。反射的に顔を向けると、大学生くらいの男の人で、隣に並んだもう一人の男の人が「いや熱中症ならパトカーは来ないだろ」とすぐに返す。

「何か事件じゃねえの？」

――事件。

心臓が、どくんと跳ねた。

まさか、ゴトというのは、そんなに大変なことだったんだろうか。

全身を濡(ぬ)らした汗が冷たくなっていくような気がして、腕を手で拭(ぬぐ)う。

お腹(なか)に力を入れてパチンコ屋の方へ一歩進んだ途端、突然、サイレンの音が鳴り始めた。

びくりとして後ずさる。

動いたのは救急車だった。そのまま向こう側へと走り始めた救急車を目で追い、違う、と思い直す。

——ゴトがバレたんだったら、救急車なんて来ないはずだ。だったら、たまたま別の事件が起きたということだろうか。川上さんのお父さんとは関係ない？

どうしたらいいかわからなくて、辺りを見回す。

誰か、何か知っている人はいないか。

パチンコ屋の周りには何人かの大人が様子をうかがうように立っている。もう一度辺りを見回したところで、視界の中で細かく動くものを捉えた。

「水谷くん」

考えるよりも早く、足が駆け寄っていく。

「ねえ、何があったの。川上さんのお父さんは——」

「とりあえずこっちへ」

ぐい、と腕を強く引かれた。そのまま小道の奥へと連れて行かれる。

駅ビルの入り口前には、川上さんがいた。

「川上さん」

しゃがんでうつむいていた川上さんが顔を上げる。

川上さんは白い顔をしていた。

それがいつもと同じなのか、そうではないのかがわからない。

水谷くんを振り向くと、水谷くんは川上さんよりも顔色が悪く見えた。

「何があったの？」

僕はもう一度、今度は二人に訊く。

きっと水谷くんが答えてくれるのだろうと思っていたけれど、先に口を開いたのは
川上さんの方だった。

「父親が、店員を殴ったの」

——店員を、殴った？

「……何で」

「お店が開く時間に間に合わなくて、そのせいでいい席を取れなかったみたいで……お酒も飲んでいたから」

一体何を言われているのかわからなかった。

「お店の前まで来たところで誰も並んでいないのに気づいたのか、すごい顔で腕時計を見て中に入っていったの。そしたら、しばらくして店員に腕をつかまれるみたいにして出てきて、その人に向かって、ふざけるなとか舐めやがってとか叫んでいたんだけど、店員さんが警察呼びますよって言ったらいきなり殴って」

「磁石のせいで時計が狂っていたんだ」

水谷くんが言い添えた。

「僕がうっかりしていたんだ。磁石の近くに置いておいたら時計が狂ってしまうこともあるって知っていたのに」

――つまり、どういうことだろう。

川上さんは計画通りにお父さんの腕時計に磁石を仕込んだ。そうしたら時計が狂ってしまって、川上さんのお父さんはパチンコ屋の開く時間に間に合わなかった。それでいい席を取れなくなって店員と揉めて、警察を呼ばれてしまった？

「……ゴトは」

　他にも確かめたいことはあるはずなのに、喉からはそんな言葉が出ていた。

　川上さんが、首を小さく横に振る。

「たぶん、磁石のことにはまだ誰も気づいていないと思う」

「でも、もし警察で事情を訊かれて、店じゃなくて自分の腕時計の方が間違っていたことを知ったら、時計をよく見るはずだ」

　水谷くんが険しい顔で言った。

　僕は、血の気が引いていくのを感じる。

「それって……」

「僕たちがやったことがバレるかもしれない」

　目が、川上さんの方へ動いた。

　しゃがんだままの川上さんは、宙を見ている。

「とりあえず、一回家に帰ろう」

　水谷くんの声に我に返ると、水谷くんは川上さんの肩に手をのせていた。いつの間にか、川上さんは膝に顔を埋めている。

「こんな暑いところにずっといたら熱中症になるよ」

川上さんは水谷くんに支えられて立ち上がった。

ふいに、そう言えば、と思う。二人はいつからここにいたんだろう。お店が開く十時より前から二人でいたんだろうか。

――どうして、もっと早く来なかったんだろう。

先に並んで歩く二人についていきながら、口の中の苦みを噛みしめる。あんなふうに家で迷っていなければよかった。いや、そもそも今日やることはわかっていたんだから、約束していればよかったのだ。

顔が熱い。頭がくらくらする。喉が渇いた。

水谷くんが鞄から水筒を出し、川上さんに渡す。

「あ、僕にも……」

思わず言ってしまってから、そんな自分が恥ずかしくなった。ちゃんと水筒を持ってくればよかった。僕が川上さんに水筒を渡したかった。でも、僕はきっと水筒を持っていたらまず自分が飲んでいただろう。

飲み終えた川上さんに水筒を渡されて、ありがとう、と返す声が喉に絡んだ。

間接キスだ、と前にクラスの誰かが誰かをはやし立てていた声が蘇り、耳たぶが熱くなる。ごまかすために勢いよくあおると、冷たい麦茶が喉を通った。

ごく、ごく、と飲むほどに身体が生き返る。

「ありがとう」

言いながら返すと、水谷くんは短く顎を引いて受け取った。そのまま自分もすぐにあおるように飲む。

慣れた仕草で口元を拭い、水筒を鞄に戻しながら道を曲がった。

今まで歩いたことのない道に、あれ、と思う。水谷くんの家に行くわけじゃないいんだろうか。

「どこに行くの？」

「川上さんの家」

水谷くんが答えると、川上さんが水谷くんを見る。

「ここまででいいよ」

「いや、心配だから」

水谷くんは当然のように言った。歩を緩めることなく歩き続ける水谷くんの横で、川上さんが立ち止まる。

「でも……うち、すごい散らかってるし」

水谷くんも足を止めて振り向いた。

「中には入らないよ。家の前まで送る」

それでもまだ川上さんは迷っているようだったけれど、少しして、再び歩き始めた。その歩調に合わせて、水谷くんも歩き出す。

僕は顔を伏せて下唇を噛んだ。何で水谷くんは、こんなにかっこよくできるんだろう。答えは考えるまでもなくわかっている。余計なことなんて、考えていないからだ。ただ純粋に心配していて、それが川上さんにも伝わっている。

しばらくして高架下を抜けると、古い家が急に増えた。知らない町に迷い込んだような気持ちになる。ツタだらけの家や割れた窓ガラスにガムテープが貼られた家に、何だか少し気後れした。

橋のすぐそばには真新しいマンションがあるけれど、その奥まで視線を伸ばすと、洗濯物が落ちたらそのまま川に流れていってしまいそうなくらい川のギリギリのところに建った家がいくつも続いている。

車一台通るのも大変そうな細い路地を曲がり、コの字形に並んだどこか暗い印象を受ける家々の一番奥まで進んだ。

〈チラシお断り〉と荒々しい文字で書かれた貼り紙が目に飛び込んでくる。その錆(さ)びた郵便受けの横、茂みに埋もれるようにして〈川上〉という表札があった。

三階建てで、一階に玄関と車庫があって、でも車庫には車がなくて代わりに川上さんのものだろう小さめの自転車や脚立やホースや段ボール箱がぎゅうぎゅうに詰め込まれている。

川上さんが首から下げていた鍵を取り出した。

「本当にすごい散らかってて、しかも暑いけど」

小さくつぶやくように言ってから、鍵を開ける。

僕は慌てて「いいよ、ここまでで」と後ずさったが、川上さんは、

「でも……お茶、ほとんど飲んじゃったし」

とドアを開け、中に入った。

促すように振り向いてくれたけれど、二の足を踏んでしまう。

水谷くんも少し迷うような間を置いたものの、ドアを押さえ続けている川上さんを支えるようにドアノブをつかんだ。

「じゃあ、お茶だけもらってもいいかな」

川上さんが答える代わりにドアから手を離し、靴を脱ぐ。

僕も後に続くと、顔面に粘りつくような空気が押し寄せてきた。

外ほどではないけれど、暑い。誰もいない家に帰ってきたとき特有の淀んだ空気が、

けれど僕や水谷くんの家のものよりも濃くて、何だか少し臭い。

臭いの原因は、二階へ上がり、リビングに入ってすぐにわかった。テーブルの上にカップラーメンの空き容器やお菓子の袋やペットボトルが積み重なっていて、小さな羽虫が何匹も飛んでいたのだ。

だけど、それだけじゃない気もした。何というか、食べものが腐った臭いだけじゃなくて――動物園みたいな、獣臭い、汗とおしっこと埃が混ざったような臭いがする。

所々に茶色い染みがついたソファには、着た後なのか洗濯して取り込んだものなのかわからない洋服がたくさん重なっていて、その下にはお酒の瓶や缶が転がっている。

エアコンがあったのだろう場所は、そこだけ壁紙の色が薄くて、でも四隅が黒ずんでいた。その汚れが浮かび上がって見えないくらい他の壁も全体的にくすんでいる。

テレビ台の上に置かれた写真立てが倒れているのが見えた。あそこには何の写真が入っているんだろう。お母さん？　家族写真？　それとも川上さんの写真？

自分の家のリビングに飾られている僕の赤ちゃんの頃の写真を思い出したところで、ふと、そう言えば川上さんの絵がどこにも飾られていないことに気づいた。

僕の家では、僕が学校で描いた絵が何枚も飾られている。どう考えても、お客さんに自慢するような上手な絵じゃないのに。

「……ごめんね、汚くて」

川上さんが身を縮めて言い、扇風機のスイッチを入れた。ガ、ガ、と引っかかるような音を立てながら回り始めた羽根は、空気をかき回すものの涼しくはならない。

川上さんは床に落ちたチラシや割り箸、丸まった洋服を器用によけて台所へ向かった。部屋をじろじろ見回してしまうのが申し訳ない気がして立ったままうつむいていると、フローリングに直に置かれた灰皿から吸い殻がこぼれているのが視界に入った。その横には、折れた黄色いプラスチックの棒が転がっている。先についているのは――鳥の羽根だろうか。

あれ、と声が漏れた。

「川上さん、猫飼ってるの？」

そのボロボロになったおもちゃのようなものが猫じゃらしじゃないかと思ったのは、前に水谷くんと拾った猫のそれとよく似ていたからだ。それに、前に川上さんは猫の絵を描いていた。あれは、自分の家で飼っていた猫だったんだろうか。

だけど、川上さんの返事は聞こえてこなかった。代わりに、冷蔵庫を開け閉めする音が妙に大きく聞こえてくる。

「はい」

目の前にグラスを差し出されて、ありがとう、と受け取った。グラスの中では、炭酸らしき透明の液体がぽこぽこと小さな泡を出している。何となく、もう一度尋ねていいものか迷っていると、ちゃんと洗ってるから、という声が飛んできて慌てて口に含んだ。

冷たくて甘くておいしい。サイダーだ。

そのまま一気に飲み干し、ぷはあ、と息を吐き出す。すぐに川上さんが手を差し出してきた。

「もう一杯飲む？」

「ううん、いい」

グラスを返してから、おいしかった、とつけ足す。

川上さんは水谷くんにも「おかわりする？」と尋ねた。

「いや、大丈夫」

水谷くんは、ごちそうさまでした、と言ってグラスを返す。

川上さんが帰ってほしがっていることは何となく伝わってきた。

でも、このまま川上さんを一人にして帰るなんて心配だ。せめて川上さんのお父さんが帰ってくるまで一緒に待って、もし川上さんが怒られてしまいそうになったら、川上さんは悪くないんだと止めたい。

磁石を時計につけることを考えたのは僕たちで——いや、実際につけたのも僕たちだと言った方がいいはずだ。

水谷くんが、ゆっくりとソファの方へ向かった。座るつもりなんだろうか、と思ったけれど、その横を通り過ぎて窓際に立つ。カーテンを開けて窓に額を寄せた。

「水谷くん」

川上さんが声をかけても振り向かない。

「この家には外階段があるんだね」

「家を建てちゃった後にこの先に新しい道ができたから、こっちにも出入り口があった方が新しい道も使えて便利だと思ったんだって」

川上さんが水谷くんの横まで進み、カーテンを閉める。

「まあ、うちが建てたわけじゃないから大家さんの話だけど」

「たしかに、あの道を使うには玄関からだとかなり遠回りしなきゃいけなくなるね」

水谷くんがやっと窓から顔を離した。

「勝手口は台所にあるの？」

「でも、ドアの建てつけが悪いから最近は全然使ってないよ」

川上さんが答えながら室内の階段の方へと向かう。そのまま先に階段を降り始めたので、水谷くんと僕も後に続いた。

「ありがとう、助かったよ」

水谷くんが自然な口調でそう言うと、川上さんは「こちらこそ」と言って玄関の前で立ち止まる。

水谷くんは川上さんの脇を通り過ぎて三和土(たたき)へ降りた。

――やっぱり、このまま帰るつもりなんだろうか。

ちょっと待ってよ、と言いたかった。もう少し、せめて川上さんのお父さんが帰ってくるまで待とうよ、と。

だが、口を開きかけたところで、靴につま先だけ入れた水谷くんが「川上さん」と呼びかけた。

「よかったら、川上さんもうちに来ない？」

「え？」

「今日はもうお父さんが帰ってくるかもわからないだろう。うちなら、姉はもう大学生で一人暮らしをしているから部屋も空いてるし」

ああ、そうだ、と思う。たしかに、川上さんのお父さんがいつ帰ってくるのかわからない以上、ここで待ち続けているよりも水谷くんの家に行ってしまった方がいい。

「僕の家だと抵抗があるなら、うちから先生に連絡してもらうのでもいいよ。とりあえず事情を話して……」

「事情？」

川上さんが、硬い声音で問い返した。

「磁石の細工のことは言わなくていいと思う。ただ、お父さんが警察に連れて行かれるのを見てしまったと言えば、先生なら何とかしてくれるんじゃないかな」

きっと、水谷くんはこれを言うためにここまで来たんだ、とわかった。

家に来てから切り出せば、川上さんはすぐに荷物を準備できる。

川上さんは、すぐには答えなかった。ただ、じっとその場に立っている。

迷っているんだろうか。――何に？

川上さんは、今何を考えているんだろう。

「……ううん、いい」

川上さんの答えは、それだけだった。

「いいって、このままここにいるってこと？」

僕はこらえきれずに訊いてしまう。

「一人でいるなんて、危ないよ」

「でも、よくあることだし」

川上さんの表情はとても静かだった。

「カップラーメンとかたくさんあるから」

「でも、いつお父さんが帰ってこられるのかもわからないのに」

「どうせすぐに帰ってくるよ」

川上さんは、僕を玄関へと促すように僕の後ろまで下がってから、会話を断ち切るように言い、微かに目を細めた。

「本当にありがとう、水谷くん、佐土原くん」


家の外に出てしまってからも、すぐに歩き出す気にはなれなかった。

本当に、このまま帰ってしまっていいのだろうか。でも、どう言えば川上さんがついてきてくれるのかもわからない。

「どうしよう」

ドアを見つめたまま水谷くんに問いかけたけれど、水谷くんは答えなかった。

水谷くんは、ただ川上さんの家をじっと見上げている。

しばらくして、水谷くんが来た道を戻り始めた。

「帰るの？」

僕は足は動かさないまま首だけを捻る。

水谷くんが角を曲がってしまう。

僕は慌てて追いかけて「どこに行くの？」と問いかけた。

水谷くんは、無言で先に進んで行く。

「ねえ、水谷くん。本当に帰っちゃっていいの？　やっぱり川上さんを連れてきた方がよくない？」

本当にこのまま帰るつもりなんだろうか。川上さんのことはどうするつもりなんだろう。親に話す？　先生に話す？　でも、本当にそれでいいのか。

水谷くんは、途中で来た道とは反対側へ曲がった。

「どこへ行くの？」

僕は再び問いかける。

周りを見たけれど、まったく見たことがない場所だった。どこへ向かっているのか、自分の家がどっちの方角にあるのかも見当がつかない。

水谷くんは躊躇(ためら)いなく左へ曲がった。突然広い道へ出る。それまでの迷路のような細い道とは打って変わって、歩いて行けばとにかくどこかへは辿り着きそうな道だった。

僕は水谷くんに話しかけるのをあきらめて、斜め後ろからついていく。

牛丼屋の前を過ぎるとラーメン屋があり、獣っぽいこもった匂いがした。コンビニが見えてきて、ちょっと寄って飲み物を買いたいと思ったけれど、水谷くんは顔を向けることすらせずに大股(おおまた)で通り過ぎる。

さらに小さな写真館を越えるとパチンコ屋があって、ぎくりとした。だけどすぐに、古びた看板が見覚えのないものだとわかって、先ほどのパチンコ屋とは別のお店だと理解する。

ドアが開いて、漏れていた騒音がものすごく大きくなった。気持ち悪くなるようなきつい煙草の臭いに顔を背け、少し離れてしまった水谷くんを小走りで追いかける。

やがて、道の先に川が見え始めた。

「もしかして、川上さんの家に戻るの？」

僕は、どうせ答えは返ってこないだろうと思いながら尋ねたが、水谷くんは「うん」と短いながらも返事をくれる。

それに励まされて「何て言うの？」と重ねて訊いたら、それにはもう答えが返ってこなかった。

けれど、とにかくこのまま帰るわけではないんだとわかってホッとする。

やっぱり、このまま川上さんを一人にするわけにはいかない。また断られるかもしれないけれど、何とかして説得して――

水谷くんが、立ち止まった。

僕はその視線の先を見上げる。

外階段があった。

先ほど玄関の側から見たときと全然家の印象が違うけれど、水谷くんがここで立ち止まったということは、川上さんの家なのだろう。

そう言えば、川上さんは新しい道ができたから外階段を造ったのだと言っていた。つまり、この道が新しくできた道ということか。

水谷くんは、鋭い目で外階段を見つめ続けている。

全体的に錆びて汚れた感じの階段には、先週の台風で飛んできたものなのか、葉っぱや木の枝、ビニール袋や泥がこびりついていた。

階段の脇には倒れて割れた植木鉢やブロック塀がそのままになっていて、何だかひぐ荒れ果てた状態になっている。

――全然使っていないと言っていたから、気づいていないんだろうか。

水谷くんが、階段の一段目へ足を踏み出した。

僕も続こうとすると、「ここにいて」と腕で行く先を遮られる。

有無を言わせない口調に反射的に止まったものの、下で待っているのは嫌だった。

水谷くんが川上さんを説得するつもりなのなら、僕も一緒に行きたい。

僕は、水谷くん、と声をかけようとして、口をつぐんだ。

水谷くんが、鼻の下を指でこすっていたからだ。

いつも、水谷くんが何かを推理するときにするポーズ。水谷くんは一歩一歩、何かを探すように視線を動かしながら、手すりとは反対側の壁に手を当てたまま階段を上っていく。

僕は、階段に目を凝らした。

水谷くんは、一体何を探しているのか。何を推理しているのか。そもそも、何が謎なのか。

ふいに、水谷くんの歩く速度が上がった。そのまま一気に階段を上りきり、勝手口のドアをノックする。

「水谷くん？」

僕は慌てて下から声をかけた。さすがに待っていられなくなって階段を上り始めると、半分ほど上ったところで「待って」と制される。

ガタ、とドアから音がした。

けれどドアは開かず、何度か力ずくでドアに体当たりするような音が続いてから、やっと開く。

「どうして」

川上さんは動揺しているようだった。

突然水谷くんの腕をつかみ、そんな自分に驚いたように手を離す。

「どうしたの、忘れ物？」

普段と変わらないような声音で言ったけれど、明らかに不自然だった。今、水谷くんの腕をつかんだのは何だったのか。

なぜ、そんなに動揺しているのか。

「この外階段を降りた道を進んですぐのところにもう一軒パチンコ屋があるんだね」

水谷くんは川上さんの質問には答えず、僕のいる階段の下の方を見て言った。

え、という川上さんの声が、僕の声と重なる。

一瞬、川上さんと視線が合った。そこには何かを問うような色があったけれど、僕にも水谷くんが何の話をしようとしているのかはわからない。

「あそこが、前に出禁になったっていう店？」

水谷くんは、穏やかな口調のまま問いを重ねた。

川上さんは口を開かない。ただ、目だけが水谷くんを見ている。

「でも、川上さんは、『最初に行っていたお店は出禁になったらしくて、その近くにある別のお店に通うようになった』って言っていたよね。あそこは、お父さんが通っている店からは近くない」

二人の間に、緊迫した空気が流れる。

僕は、なぜ水谷くんが、今この話を始めたのかわからなかった。けれど、水谷くんは何かを推理したのだろうということだけはわかる。

水谷くんは、いつも僕と違うものを見ている。

いや、同じものを目にしていても、僕とは全然違う情報をそこから読み取っているのだ。

「だとすると、川上さんのお父さんが出禁になった店というのは、今日行った店の近くにあったもう一軒の方だったということになる」

僕は、川上さんのお父さんが通っているというパチンコ屋に行く途中で見たもう一つのお店を思い出す。

そうだ、あのとき僕は、あそこが前に出禁になったというお店だろうかと思ったのだった。

そして、さっき、水谷くんと一緒にもう一軒のパチンコ屋を見た。

つまり、少なくともこの辺りには三軒のパチンコ屋があることになるのだ。だけど、それが何を意味するのか――

「お父さんは自分でも行かないようにしようと思っても、どうしても行っちゃうんだよね。だったら、今回の店を出禁になったとしても、まだ出禁になっていない方の店に行くようになるだけなんじゃないかな」

――たしかに、そうだ。

「この辺りにあるパチンコ屋が二軒しかないのであれば、その二つが出禁になることでパチンコを続けるハードルがかなり高くなるんだろうと思っていた。家には車はないようだし、タクシーやバスや電車を使えばお金がかかる。障害者手帳があれば割引が利くけれど、少なくともやめてほしいと頼むよりは止める力が強いのはたしかだ。でも、こんなに近くにもう一軒あるのなら、話は変わってくる」

水谷くんは、そこで一度言葉を止めた。

息継ぎをしてから続けるのかと思ったけれど、そのまま川上さんの答えを待つように口を閉じる。

先に視線を逸らして口を開いたのは川上さんの方だった。

「……そうかもね」

ため息交じりに言って、再び口を閉ざす。

僕は、身体が重くなるのを感じた。

だとすれば、今回のことは無駄だったのだろうか。せっかく計画を立てて、計画自体は上手くいかなかったけれど、それでもとにかく川上さんのお父さんはあのお店を出禁になったかもしれないのに。

「あの人は、どうやっても続けるんだと思う」

川上さんが宙を見つめて言った。その目が、急速に曇っていく。

何か言わなくては、と思った。でも、何を言えばいいのかがわからない。どうすればいいのかも、何を言えば、川上さんを慰められるのかも。

僕は、水谷くんを見た。

水谷くんが、何か言ってくれることを願って。

水谷くんは、川上さんから視線を外していなかった。

先ほどと同じ姿勢のまま、口を開く。

「だから、死んでほしいと思ったの？」


え、という声が喉の奥で詰まった。

水谷くんは、何を言っているんだろう。

死ぬ？　誰が？

だが、川上さんは訊き返さなかった。何の話、とも、そんなこと思うわけがない、とも言わない。

「最初から引っかかってはいたんだ」

水谷くんが続けた。

「川上さんは、父親のパチンコ通いをやめさせたいと言ったとき、何となく店を出禁にさせる方向に話を誘導したがっているように見えた。直前に他の店を出禁になった話をして、『とにかく、お店に入ったら終わり』だと強調する――そのときは、単に過去にそういうことがあったから、同じ方法で上手くいくと思っているだけなのかもしれないと思ったけど、あの後インターネットで調べたら、この辺りにはもう一軒パチンコ屋があることがわかった。それでもまだ、可能性はいくつかあるとは思っていたけど」

「可能性？」

僕が訊き返すと、水谷くんは僕を見た。けれどすぐに、また川上さんに向き直り、開いた手の親指を折る。

「一つ目は、もし父親がもう一軒の店に通い始めたら、そこも出禁にさせようとしているという可能性。でも、これはあまりにも難度が高い。一度目は計画が上手くいったとしても、二度目はかなり警戒されるはずだからだ」

水谷くんは人さし指も折った。

「二つ目は、川上さんがもう一軒のパチンコ屋の存在を知らなかったという可能性。でも、これは川上さんがこの外階段を最近までは使っていたという話から考えにくい。あのパチンコ屋は看板が古びていたし、最近新しくできた店という感じじゃなかった」

そして三つ目、と水谷くんが中指を倒す。

「もしかしたら、このパチンコ屋までの道は目が悪い人には歩きづらいところなんじゃないかと考えたんだ。細かい段差が多いとか、信号のない横断歩道があって見通しも悪いとか、地図上ではわからない何かがあるかもしれない——でも、さっき実際に歩いてみて、特に他の道と違うところは見つからなかった」

僕は唾(つば)を飲み込む。

——まさか、さっき水谷くんがそんなことを確認しながら歩いていたなんて。

「だったら、きっと川上さんのお父さんは通うようになってしまう。そして、川上さんもそれは予想できたはずだ」

水谷くんは、折り込んでいた指をそっと開いた。

息を吸い直し、だとすれば、と続ける。

「むしろ川上さんの狙いは、あの店を出禁にさせることじゃなくて、あの店に通えなくさせることで、もう一軒のパチンコ屋に通わせることの方にこそあったんじゃないか」

——もう一軒のパチンコ屋に通わせることの方にこそあった？

「もう一軒のパチンコ屋に行くためには、この外階段を使った方が格段に早い。たしかにドアの建てつけは悪いかもしれないけれど、一階の玄関から出ればこの炎天下かなり回り道をしなければならないことを考えれば外階段を選ぶだろう。——そして、外階段を使うなら、目が悪い父親は、この手すりをつかむことになる」

水谷くんが言いながら、上から二段目の辺りの手すりを振り向いた。

つられて僕も視線を向ける。

一瞬、この手すりが何だというのか、と思いかけて、あれ、と引っかかった。

――何かがおかしい。

僕は階段を二段上がる。

手すりに布のようなものが巻かれている――いや、違う、これは布に描かれた手すりの絵だ。

水谷くんが、手すりに向かって一歩踏み出した。川上さんが水谷くんを引き留めようとするように腕を伸ばす。

けれど水谷くんは構わず、布を剥がした。

手すりの錆や傷、影までが丹念に描き込まれた布――その下の手すりは、布ガムテープで固定されている。

「これなら、目を向けずに視界の端で見ていたら気づかないかもしれない。しかも、川上さんのお父さんは、お酒を飲んでいることが多くて目が悪い」

視界が暗く狭くなっていく。

もし、川上さんのお父さんが、この布に描かれた手すりを本当の手すりだと思ってつかんでしまったら――

「この高さから落ちて、しかも酔っ払っているとなれば、怪我では済まないかもしれない。下には割れた植木鉢やブロック塀があるし、当たりどころが悪ければ助からない」

僕は、強張った首を動かして階段の脇を見下ろした。

そこには、さっき、階段の下にいたときに見たのと同じ光景が広がっている。

「……まさか」

絞り出した声がかすれた。

「ちょっと水谷くん」

わざと笑いを混ぜて言うと、頬がほんの少し緩む。

「さすがにそれは考えすぎだよ。これはきっとちょっとしたいたずらで……」

「いたずら？」

「いや、たぶんお父さんも手すりのことは知ってるんだよ。危ないから使わないようにしていて、だけどこのままだと見た目が悪いから、絵が上手い川上さんに頼んで……」

「さっき、川上さんは二階の窓から外を見られまいとしていた」

水谷くんは、僕の言葉を遮った。

「窓の外の話をしているのにカーテンを閉め、窓から離れて会話を打ち切った。そもそも、家の中の空気を少しでも涼しくするには、ただ扇風機をつけるだけじゃなくてまず窓を開ける方が自然だ。それで思ったんだ、窓の外に何か見られたくないものがあるんじゃないかって。もしお父さんに頼まれてしたことなら……」

「父親は知らないよ」

水谷くんの言葉を止めたのは、川上さんだった。

僕は強張った首を川上さんの方へ回す。

川上さんは、細く長くため息をついた。

「水谷くんって、本当に何でもわかっちゃうんだね」

川上さんの言葉が、何を意味するのかすぐには理解できない。

何でもわかっちゃう――それはつまり、水谷くんの言ったことが本当だということなのか。

ぐらり、と地面が傾くのを感じた。慌てて手すりとは反対側の壁に手をついたけれど、川上さんも水谷くんも動いていない。

ふいに、リニアモーターカーを作るためにまた集まろうと言ったときに、『これが、終わったら』と噛みしめるように言った川上さんの顔が浮かんだ。

そしてさっき、家から帰ろうとしたとき、僕たちに向かって『本当にありがとう』と口にしたときの、どこか力ない笑み。

そう言えば、川上さんに名前を呼ばれるのはあのときが初めてだったのだ、となぜか今、そんなことに気づく。

「でも……」

それでも僕は、往生際悪く口を開いた。

「いくらパチンコ通いがやめられないからって、それだけで殺そうとするなんて……」

「それだけじゃないよ」

水谷くんが短く遮り、川上さんを見た。まるで、続きを話してもいいかと確認するように。

川上さんは、何も言わなかった。けれど、水谷くんを止めるわけでもない。

水谷くんは、それでも少し迷うようにしてから、続けた。

「川上さんは、父親から暴力を受けているんじゃないか」

ボウリョク、という響きが漢字に上手く変換されない。

それなのに肌が粟立って、それを自覚したことで、ようやく、暴力、という言葉が浮かんだ。

「最初に気になったのは、図工の授業中に谷野さんに水をかけられたときに、川上さんが痛みをこらえるような顔をしていたらしいっていうことだ」

さっきからずっと川上さんから視線を外していなかった水谷くんは、いつのまにか目を伏せていた。

「姉に訊いたら、生理というのはお腹が痛かったり腰が重かったりはするけれど、水をかけられてしみるようなものではないと言っていた。もし、しみるとしたら——それは、別の怪我なんじゃないかと」

——別の怪我。

それが、具体的にどういう怪我なのかはわからなかった。だけど、生理の血が漏れてしまっていると勘違いされるくらいの血が服についていたということは、かなり大きな怪我だということになりはしないか。

「それに川上さんはプールの授業を休んでいる。生理不順という可能性もあるだろうけど、それにしても一回も参加していないのは不自然だ。単にかなづちだからズル休みしているのか——それとも、水着姿になりたくないのか」

脳裏に、あの日、川上さんが着ていた五分袖の黒いカーディガンが浮かぶ。

こんなに暑いのに、思い返してみれば、僕は川上さんが二の腕より上を出しているところを見たことがない——

「あの血は生理のだよ」

川上さんは平坦なトーンで言った。

「だけど、しみたのは、そのお姉さんの言う通り、別の怪我」

そこまで言うと、けだるそうに髪を掻き上げる。

「変な想像されたら嫌だから言っておくけど、ただガラスの破片の上に転んで切っただけだからね」

その言葉に、僕はびくりとする。

「ガラスの破片って……」

「あの人、まずは物に当たるんだよ。椅子を蹴り飛ばしたり、お酒の瓶を投げたり。で、それで余計にカッとなって、次は私」

頭がぐらぐらして、言葉の意味が上手く考えられなかった。次は私――

さっき、『一人でいるなんて、危ないよ』と言った僕に、川上さんは『よくあることだし』と答え、『カップラーメンとかたくさんあるから』と言った。

一人で留守番をすることがよくあって、自分でも作れる食べものがあるという意味かと思っていた。

だけど――あれは、全然違う意味だったのではないか。

いい席が取れなかったというだけで店員を殴ったという、川上さんのお父さん。

『いつお父さんが帰ってこられるのかもわからないのに』

『どうせすぐに帰ってくるよ』

なぜ、川上さんは警察に連れて行かれたお父さんがすぐに帰ってくると考えたのか。

それは——過去にも同じようなことがあったからではないか。

そして、夏休みはまだ始まったばかりで、これから一ヵ月以上続く。

僕にとっては楽しみなそれは、川上さんにとっては家以外の居場所がなくなる日が続いてしまうということだったんじゃないか。

「手すりが壊れたのは最近？」

水谷くんが、ほとんど穏やかとさえ言えるような声音で尋ねた。

うん、という答えが川上さんから返ってくる。

「たぶん、こないだの台風のとき」

台風——あのプールの日の前日。

「何かが飛んできて当たったのか、手すりが折れてグラグラになっていたの。とりあえず家にあったガムテープで留めてみたけど、こんなんじゃ体重をかけたら倒れるに決まってるって思って……それで、気づいたの。これは使えるんじゃないかって」

川上さんの声がくぐもって聞こえる。

「最初は画用紙に水彩絵の具で描いてみたんだ。でも、どうしても質感が上手く表現できなくて、家にあった昔お母さんが使ってた油絵の具でやってみたら思った感じの質感が出て」

お母さん——僕は気づいてしまう。

川上さんが、一度も父親のことをお父さんとは呼ばなかったことに。

「元々はね、お母さんが絵を描く人だったの」

川上さんの声の輪郭が、ほんのわずかに和らいだ。

「すごく上手で、私、お母さんの絵が大好きだった」

水谷くんの手にぶら下がったままの手すりの絵を眺める。

「私がつらいことがあったときに絵を描くと、お母さんはその絵を読むみたいにじっくり見て、別の絵を描いてくれるの。大丈夫だよ、とか、言葉で言われるわけじゃないけど、お母さんの絵がそう言ってくれているのがわかった。絵の交換日記みたいって言ったら、そうだね、って笑って……」

語尾がかすれ、そのまま口が閉ざされた。

僕は鼻の奥に鋭い痛みを感じて、唇を嚙みしめる。ここで、僕なんかが泣いちゃいけない。

「……大人に相談できないかな」

僕の声はみっともなく震えていた。

「だって、それって虐待だよね。児童相談所に通報して……」

「無駄だよ」

川上さんの目は、虚ろに宙を映している。

「少しの間は保護されるかもしれないけど、いつかは連れ戻される。絶対に、あの人は私を逃がさない。それで捕まえたら、引っ越すの。その児童相談所の管轄の外に」

僕は、何も言えなかった。

反論できる言葉なんて、何一つ持っていない。だってそもそも、どうして連れ戻されたりしてしまうのかもわからないんだから。

周りも虐待があることがわかっていて、せっかく逃げられたというのに、何でまた連れ戻されるようなことになってしまうのか。

だけど——そう言えば、たしかに川上さんは去年の二学期に転校してきたのだった。

僕は、力いっぱい拳を握りしめた。

爪が手のひらに食い込んで、痛みを感じても、なお。

——でも、こんな痛みなんかじゃないんだ。

こんな、我慢できるような痛みなんかじゃない。自分がいつでも取り除けるような痛みなんかじゃない。

川上さんを助けたい、と思った。

また、水谷くんの家で笑ってくれたときみたいに笑ってほしい。あのときだけじゃなくて、もっとずっと——だけど、どうすれば、川上さんを助けることができるのか。

お母さんに、という言葉が浮かんだ。

お母さんに、どうすればいいか聞いてみる。

また水谷くんのパソコンで調べてみる。

思いついた考えを口にすることはできなかった。

こんな言葉じゃ、きっと川上さんには届かない。

誰から何を言われても、透明なシャッターを上げることがなかった川上さんが、初めて頼ってくれたのに。

そこまで考えて、ふいに僕は不思議になる。

どうして川上さんは、僕たちを——水谷くんを巻き込もうとしたんだろう。

水谷くんなら、お父さんを出禁にする方法を思いついてくれそうだったから？

でも、川上さんの狙いがその先の、お父さんを殺すことにあったのなら、わざと出禁にさせたことなんて絶対に誰にも知られちゃいけなかったはずだ。

それで本当に川上さんのお父さんが死んでしまっていたとしたら、水谷くんみたいに頭が良くない僕でさえ、何かに気づいてしまっていたかもしれない。

なのに、なぜ——

「写真を使おう」

水谷くんの声で我に返った。

顔を上げると、川上さんが怪訝そうに「写真？」と訊き返す。

うん、と水谷くんはうなずいた。

「手すりの写真を撮って、それを実物大に調整して印刷するんだ。それで、またこうやって同じように貼れば、きっとそれでも騙せる」

水谷くんは、何を言っているんだろう。

それじゃあ、川上さんがやろうとしたことと変わらない。

「カメラもパソコンもプリンタも自由に使えるから、今家からカメラを持ってくれば今日中には用意できるよ」

水谷くんは川上さんを真っ直ぐに見つめていた。

磁石ゴトならお店の人に迷惑をかけなくて済むかもしれないと言ったときと変わら

ない、冷静に計画を検討しているような表情で。

「……殺しちゃダメだって言うんじゃないの」

川上さんは、怯えたような目をしていた。

声が微かにかすれている。

その、信じられないものを見たような表情に、僕は、もしかして、と思った。

川上さんは、水谷くんに止めてほしかったんじゃないか。だからこそ、わざと水谷くんを巻き込もうとしたんじゃないか。

何でもわかっちゃう水谷くんなら、本当の狙いにも気づいてくれるかもしれない。

気づいたら、止めてくれるかもしれない。

「殺していいよ」

けれど、水谷くんはそう続けた。

「そんなやつは死んじゃえばいい」

川上さんの目が見開かれていく。

その視線がさまようように宙を動く。

水谷くんの言葉の意味を、探すように。

「何言ってるの、水谷くん」

僕はたまらず口を開いていた。

怖かった。

もし、このまま、またみんなで写真を撮って計画を実行しようという話になったりしたら。

パチンコ屋を出禁にするためにゴトの仕掛けを作るのと、お父さんを殺すための罠を作るのでは、話が全然違う。

なのに、水谷くんはそんな違いなどどこにもないような顔をしている。

止めなければ、と思った。そんなこと、しちゃいけない。

「落ち着いてよ」

水谷くんは落ち着いているとわかっているのに、そんな言葉を吐いていた。

「きっと他に方法があるはずだよ。まずは大人に相談した方が……」

「でも、これを使うのはダメだ」

水谷くんが、僕の言葉を遮るように続ける。

ハッと、川上さんが顔を上げた。

「こんなことに絵を使ったら、きっともう川上さんは絵が描けなくなる」

川上さんの視線が、水谷くんが手にしている手すりの絵へと下りていく。

次の瞬間だった。

川上さんの顔が、大きく歪んだ。

見えない力で握りつぶされたように、唇がわななき、目がきつくつむられる。

川上さんが食いしばった歯の間から、小さな嗚咽が漏れた。けれど、それを飲み込もうとするように、川上さんが唇を嚙みしめる。

水谷くんは動かなかった。

ただ、川上さんの絵を手にしたまま、川上さんを見ている。

僕も動けなかった。本当は、近づきたかった。何も言えなくても、ただ、川上さんの名前を呼びたかった。

でも、今、そんな資格は僕にはない。

僕は、水谷くんの手の中で、風に揺らめいている川上さんの絵を見た。きっと、何日も何日もかけて、何度も描き直して、描き上げたのだろう、手すりの絵。

その裏には、あの日のマグネットシートが貼られていた。

# 第三話 作戦会議は秋の秘密

嫌な予感がするな、とは思っていたのだった。

高学年リレーで赤組男子のアンカーを務める六年生が熱を出して欠席だと聞いたとき、開会早々の大玉送りで赤組が負けたとき、続いて始まった一年生の五十メートル走が終わった後の得点板を見たとき、そして、午前最後の六年生の百メートル走の最中に渡部くんから『おい、佐土原』と声をかけられたとき。

いや、それよりも前、今朝学校に来て、教室の窓にたくさんのてるてる坊主が並べて吊るされている光景を目にしたときから、何となく不吉な予感を覚えていたのだった。

笑った顔、無表情、驚いた顔、歪んだ顔——顔が描かれていないてるてる坊主もいくつかあった。

それは、昨日の学活の時間に江木先生の発案でてるてる坊主を作り始めたとき、水谷くんが『顔を描き込まずに吊るすのが正しい作法だという説もある』と口にしたからだ。

『その説によれば、顔を描いて吊るすのは雨を乞うためのもので、晴れてほしいときには何も描かずに吊るして、祈りが通じて晴れたときに顔を描いてお神酒を供えて川に流すらしい』

水谷くんの言葉に、近くの席の子たちが騒ぎ始めた。えーマジで?、あぶねえ、顔描くところだったよ、どうしようもう描いちゃったんだけど。

慌てて作り直し始める子もいたけれど、既に顔を描き終えてしまっていた僕は作り直さなかった。

正直なところ、運動が苦手な僕としては運動会なんて一生来ない方がいいからだ。でも、首を括った輪ゴムに糸を通し、セロハンテープで窓に貼りつけようとしたところで、どうせ雨が降ったとしても中止ではなく延期になるだけなんだから、さっさと終わらせてしまった方がマシだと気づいた。

土曜日に雨が降れば、運動会は日曜日に順延になる。日曜日も雨ならば、本来振替休日の予定の月曜日に、さらにそこでもできなければ来週だ。

日曜日はともかく、振替休日が潰れるのは何だか損した気分になるし、来週になってしまったら、それまで憂鬱な気分が続くことになる。

やっぱり作り直そうかな、と教室の中を振り返ったけれど、窓際の席の三橋くんも普通に顔を描いているのが見えて、まあ、いいか、と思った。そもそも、こんなのはただのおまじないだ。

結局、こうして無事に晴れて運動会当日となったわけだが、ずらりと並んだてるてる坊主たちを眺めていると胸の奥が妙にざわついた。

そのときは単にこれから始まる運動会に緊張しているだけだろうと考えていたけれど、今、こうしてあのてるてる坊主たちみたいに白い体操服を着た顔が並んでいるのを前にすると、あのときの落ち着かなさは予感のようなものだったのではないかと思えてくる。

「全員いるか」

ひそめた声で言ったのは、渡部くんだった。ぎょろりとした目を右から左へと動かし、僕たちの上を視線で舐める。

「いいか、このままだと赤組は負ける」

渡部くんは、重大な新事実を発表するように言った。

もちろん、みんなもわかっていることだから驚きはない。でも、改めて言われると陰鬱な空気がさらに重くなった。

渡部くんが首をねじって、得点板を見上げる。

赤組二四六点、白組三九二点。

たしかに、このままでは惨敗は確実だろうと思われるような得点差だった。

これまで、今日を含めて五回運動会に参加してきたけれど、ここまでの点差になったのは初めてだ。

組分けは、先生が子どもたちの運動能力を見て、できるだけ同じくらいの強さになるように計算して決めているらしい。だから毎年大体同じような点数になるし、最後の種目まで勝敗がわからなくて盛り上がるのだ。

でも、考えてみれば同じくらいの強さだということは、確率的にはこういう展開も十分にありえたのだった。どちらが勝ってもおかしくない以上、たまたま白組の方が勝った、ということが重なれば、当然大差がつく。

「ここまで終わった時点で、赤組が勝った団体種目は一年生の玉入れと三年生の棒引きだけだ」

渡部くんが、くしゃくしゃになったプログラムを開いて指さした。

「午後の得点種目は五年生の騎馬戦と六年生の長縄跳びとリレー。でも、羽山（はやま）さんが休みだとなると、正直リレーは厳しい」

自身もリレーの選手だからか、無念そうに顔を歪める。

羽山さんというのは、この学校で一番足が速い人だ。先生が組分けでバランスを取りきれないほど圧倒的に速く、たとえ二十メートルくらいリードされてしまっていても、ぐんぐん追い上げて抜いてしまう。

羽山さんがいる限り、高学年リレーの男子は赤組が勝つ、というのは白組の子たちでさえも認めていることだった。だからこそ、その羽山さんがいないとなると一気に実力が逆転してしまうのだ。

女子が勝てたとしても引き分け、つまりリレーで点を稼ぐことはできない。

「ということは、騎馬戦は絶対に落とせないんだ」

渡部くんは、噛(か)んで含めるように言った。

招集した五年生の赤組男子をゆっくりと眺め回し、ある一点で首の動きを止める。

「三橋」

きた、と思った。

恐れていたことが、始まる。

「おまえ、何でちゃんとやんねえんだよ」

視線を向けると、三橋くんは、目を伏せたまま唇を引き結んでいた。おそらく、三橋くんもこうなることは予測していたのだろう。

「おい、聞いてんのかよ」

渡部くんが語調を強めて凄む。

三橋くんは、小さくうなずいたものの、口を開かなかった。いつも髪の毛をきちんとセットしていて、おしゃれな服を着て、女子からも「かっこいい」と言われている三橋くんは、背中を丸め、体操服の肩をすぼめてうつむいている。

「おまえさあ」

渡部くんは頭をガシガシと掻きむしりながら、ため息をついた。三橋くんをにらみつける。

「昨日みたいな真似してみろよ。ぜってえ許さねえからな」

「わっくん」

隣にいた久保くんが、少し慌てたように渡部くんの肩を叩いた。

「ちょっと、怖いって」

おどけた口調で言ったが、渡部くんは、うるせえよ、と久保くんの手を振り払う。

「俺は別にできねえやつにやれって言ってるわけじゃねえんだよ。こいつはふざけてるから」

渡部くんの言葉に、久保くんが口をつぐんだ。

たしかに、ふざけているのかどうかは別として、昨日の全体練習での三橋くんの動きは良くなかった。

騎馬の上にいる騎手として、敵チームの帽子を取らなければならない立場なのに、まったく戦おうとしなかったのだ。

敵がいない方向へ指示を出し、騎馬がそれに背いて敵の前に連れて行っても、自分の帽子をかばうばかりで腕を前に伸ばそうとしない。

帽子を取られることはなかったものの取ることもできず、渡部くんが率いる騎馬が助けに入って挟み撃ちにすることで隙を作ったにもかかわらず、そこでも攻撃に転じなかったのだった。

結果は負け。もちろん三橋くんのせいだけではないけれど、渡部くんがちゃんとやれと言いたくなる気持ちも、まあ、わからないではない。

だが、僕としては三橋くんの気持ちもわかる気がするのだった。

僕は騎馬として下で支える方、しかも後ろ側ではあるが、もし騎手だったとしたら逃げ出したくなっていただろう。騎馬同士のぶつかり合いは激しいし、騎手同士の戦いはさらに怖い。

腰を上げて前のめりに身体を伸ばさなければならず、不安定な中で攻撃を受けて騎馬から転がり落ちた子も何人もいるのだ。

それに、帽子を取られたらその時点で終わりで、競技にはその後参加できなくなってしまう。

「おまえ、やる気あんのかよ」

渡部くんが、問いかけるというよりも、どやしつけるような声音で言った。僕は、自分に向けて言われたわけでもないのにぎくりとする。

やる気があるのか——もし、僕がそう問われたら、すぐにうなずくことはできないだろう。ないと答えることはできないが、あると言えるようなこともしていない。

僕は、目線だけを動かして応援席を見た。

〈がんばれ赤組！〉

〈白組絶対優勝！〉

眩(まぶ)しい空気の中で大きくはためく横断幕には、強い思いと力が込められた文字が書かれている。

僕には、そこまでの思いも力もないのだった。

朝、教室で体操服に着替えて校庭へ出ると、義務を果たすだけの感覚で応援席に荷物を置き、開会式の隊形へ並んだ。

選手宣誓や優勝杯の返還などの儀式を他人事のように眺めているうちに開会式が終わり、決められた動きを最小限にこなすだけの準備体操を経て、大玉送りが始まった。

学年順に並んでいるために後ろの方にいた僕は、ピストルの音と同時に動き始めた大玉をぼんやりと目で追った。

すぐに玉が視界から消え、今はどの辺りだろうと考えた瞬間、頭上を勢いよく玉が通り過ぎていった。

振り返った途端に再び玉が見えなくなり、数秒遅れてパン、パン、とピストルが二回鳴った。

白組の六年生が飛び上がって喜んでいるのが見えて、ああ、負けたのか、と思った。

〈ただ今の大玉送りは、白組の勝ちです〉

アナウンスを合図に会場全体がうねるように沸いた。頭を抱えて嘆いているクラスメイトの横で、何にも触れていない手を見下ろしたことを思い出す。

低学年の頃は、何とかして少しでも玉に触れようと懸命に腕を伸ばしていた。けれど、みんなが玉を送るためというより、ただ競技に参加したくて腕を伸ばした結果、かえって玉が落ちたり戻ったりすることに気づいてからは、自分のところに来たら腕を伸ばすくらいにして、後は静かに立っているようになった。

今年は、僕の方に玉が来たにもかかわらず、腕を上げそびれてしまったわけだけれど、たとえ上げていたとしても結果が変わったとは思えない。

「いいか、三橋。今日は本気でやれよ」

だから、こうして本当に怒っているような渡部くんの顔を見ていると、不思議な気持ちになるのだ。

どうして、ここまで勝ちにこだわることができるんだろう。

勝っても負けても今日一日の話で日常は変わらないのだし、どうせ赤組と白組しかないのだから児童の半数は負けるのに。

こんなふうに誰かを吊るし上げてまで、絶対に勝たなければならないのだろうか。

「最低でも一騎は潰せ」

渡部くんがそう言い捨てて腰を上げた。ああ、これで何とか嫌な時間が終わる。そう思ったときだった。

「いや、三橋くんは間違ってないよ」

唐突に上がった声に振り向くと、淡々とした表情で口を開いていたのは水谷くんだった。

「はあ？」

渡部くんが語尾を跳ね上げ、首を水谷くんの方に突き出す。

「何言ってんだよ」

口から飛んだ唾が水谷くんにかかりそうになったけど、水谷くんは構わず、いつも推理を口にするときのように人差し指を立てた。

「騎馬戦で一番大切なことは、自分が勝とうと思わないことなんだ」

「はあ?」

渡部くんがさらに声を尖らせ、久保くんも「勝とうと思わないってどういうこと?」と首を傾げる。

「勝たなきゃ意味ないじゃん」

「まず、騎馬が弱いところは後ろ、そして側面だ」

水谷くんは久保くんの言葉に重ねるようにして話し始めた。

「一騎で行けば正面を向かれることになるから、必ず一対複数に持ち込まなければならない」

「でも、最初は同じ数だけ騎馬がいるんだから、そんなの無理だろ」

水谷くんは、渡部くんを向く。

「そこでポイントになってくるのが、それぞれの騎馬の役割分担を決めることなんだ」

言いながら、二本目の指を立てた。

「ざっくり言うと、動きが速い騎馬と背が高い騎馬ではやるべきことが違う。動きが速い騎馬は敵を混乱させるのに向いているけれど、敵の帽子を取ろうとしたら反撃に遭いやすい。逆に背が高い騎馬は攻撃が得意だけれど、背が高く体重がある子が上に乗っている以上動きは鈍いから、敵に注意を向けられたら不利なんだ」

淀みない口調に、ようやく渡部くんの顔から怒った色が抜け始める。

水谷くんは、つまり、と言って手をパーの形に開いた。

「動きが速い騎馬は自ら帽子を取ろうとしたりせず、とにかく敵の騎馬の前を走り回って注意を引く。それで、敵がその動きに気を取られている隙に、背の高い騎馬が後ろか横から一気に攻めればいい」

あとは、敵とぶつかったときには、騎馬はできるだけ騎手を持ち上げるようにするのもコツだね、と続けて立ち上がる。

そのまま立ち去るつもりかと思ったが、木の枝を拾うと輪の中に戻ってきた。

「動きが速い騎馬は、三橋くん、佐藤くん、平山くん、僕の騎馬。背が高い騎馬は、渡部くん、木島くん、村瀬くん、戸田くん、高橋くんの騎馬。植木くんと太田くんの騎馬は――どちらかと言えば背が高い方かな」

言いながら地面に図を描いていく。

「まず、最初の並びはこう。ここで、敵陣を分断させようとしたら、どう動けばいいと思う？」

「どうって……こうか？」

渡部くんが、躊躇いがちに斜めの線を引いた。

「正解」

水谷くんはクイズ番組の司会者のように言って、渡部くんが引いた線の先を延ばす。

「より正確には、半分ずつ斜めに広がって、端を取って回り込むんだ」

渡部くんは横一列に並んだところから左右斜めに線を引いただけだったが、水谷くんはそこから競技エリアの端まで延ばして矢印にした。

「この先陣を切る部隊は、動きが速い騎馬の方。これまでの練習では、みんなが適当にバラバラに動き始めて、どこかでぶつかったら戦い始めるような感じだったから、一斉に端に集まってきたら相手は面食らうはずだよ」

「なるほど」

渡部くんの目が輝き出す。

「で、相手が慌てて動きが速い騎馬を相手にしようとしたところで、背が高い騎馬は一気に敵の騎馬の後ろに回り込むんだ。驚いた分だけ、相手の動きは鈍くなる。初めにいくつかの騎馬を陥落させられれば、あとは簡単だよ。戦力差を武器に、動きが速い騎馬は徹底的に敵の注意を引いて、敵を孤立させる」

「じゃあ、最初の騎馬の並びはこうした方がいいんじゃないか」

渡部くんが水谷くんから棒を取り、騎手の名前を書き始めた。

「うん、いいね」

水谷くんは許可を与えるようにうなずく。

気づけば、輪の中心は水谷くんになっていた。水谷くんは、そのことにたじろぐでもなく、穏やかな顔でみんなを見渡す。

実のところ、水谷くんは神さまみたいだと僕が一番思うのは、推理をしているときよりも、こんなときだ。

僕は、水谷くんが怒ったり落ち込んだり怯(おび)えたりするところを一度も見たことがない。もちろん、まったく表情を動かさないわけではないから、いつも一緒にいる僕には感情が感じ取れるときもあるけれど、大抵の場合、どんなに大変なことが起こっても、それも想定内であるというように冷静に解決策を口にする。

神さまみたいだということから、あだ名として「神さま」と呼ばれている水谷くんを、僕は神さまとは呼ばない。けれど、きっと他の誰よりも僕は水谷くんのことを神さまみたいだと思っている気がする。

——だからあのとき。

水谷くんが川上さんのお父さんについて『殺していい』と言ったとき、僕は恐怖を感じたのだった。川上さんを慰めるための、表面だけの言葉にはとても思えなかった。神さまが、そんな存在はこの世から消えていいと言ったような気がしたのだ。——まるで、お告げみたいに。

水谷くんが、みんなへ向かってもう一度人差し指を立てる。

「絶対に守らなきゃいけないのは、動きが速い騎馬が自ら手柄を立てようとしないことだ。自分たちは攪乱部隊だと割り切らなければならない」

「かくらん？」

「敵を混乱させるための役割に集中するんだ」

怪訝そうに訊き返した久保くんに向けて言い直した。

「ぶっつけ本番だから、どこまでできるかわからないけど、上手く行けば圧勝できると思うよ」

「何でもっと早く言わないんだよ」

渡部くんは咎(とが)める口調で言ったが、目はそれほど怒っていなかった。水谷くんは、悪びれずに「僕も今思いついたんだ」と答える。

「三橋くんについての話を聞いていてね」


作戦会議を終える頃には、既に六年生の百メートル走は終わっていた。

先生に「早く教室に戻りなさい」と言われて、揃って駆け足で校舎へと向かう。

いつものように上履きに履き替えて階段を上り、教室に入ると、毎日出入りしているはずの場所なのに、全然違う場所みたいなふわふわした空気を感じた。ランドセルではないリュックやトートバッグは廊下にかけられていて、机の上には特に何も載っていないというのに、と思いかけて、理由に思い至る。

――運動会に参加している感じがするからだ。

これまで、僕にとっての運動会とは、ただ無難にやり過ごすことを目標にするものだった。目立たず、できればビリにだけはならず、一つひとつのプログラムが消化されていくのをひたすら待つ。

勝てれば少しは嬉(うれ)しくもあったけれど、負けてもそれほど悔しくはなかった。終わってしまえば、どちらの結果でもあまり意味はなかったから、過去の四回、勝ったのか負けたのかもよく覚えていない。

大トリである高学年リレーの選手は特に、自分たちのレースが勝敗に直結することも多いからか、勝ち負けをすごく気にして毎年泣く子までいるのだけど、彼らが透明な涙をぽろぽろとこぼすのを見ても、まったく盛り上がっていない感情はさらに凪ぐだけだった。

きっと彼らにとっての運動会は、僕のそれとはまったく違うものなんだろうな、と、そう思ってきたのだ。

廊下に出て手を洗っていると、渡部くんに背中を叩かれた。

「佐土原も頼んだぞ」

うん、と答えた途端、白組の子がやってきて、「おまえたち、さっき作戦会議してただろ」とこづかれる。

「うるせえ、スパイ、あっちいけ」

渡部くんが追い払うのを笑って見ながら、そんな自分に驚いた。

僕は今まで、渡部くんみたいな子が苦手だったはずだ。

気が強くて、声が大きくて、いつもクラスの中心で仕切っている乱暴で自分勝手な子。関わり合いになりたくないし、なることもないのだろうと思ってきた。

　だけど、と思ってしまう。

　僕はただ、自分が相手にされないから、嫌なやつだと思おうとしていたのではないか。さっき呼び出されたときだって嫌だとしか思わなかったのに、こうして親しげに話しかけられただけで簡単に喜んでしまう。

　結局のところ、僕は強い子に認められたいのだ。力がある子に仲間として扱われたい。

　運動会なんて嫌いで、そんなものに喜んだり悲しんだりしている子たちの気持ちなんかわからないと思っていたくせに、いざちょっと参加しているような形になると、浮かれてしまうように。

　——水谷くんとは違う。

　水谷くんは、僕と同じくらい運動が苦手だけれど、さっきみたいに渡部くん相手にも堂々と話せる。午前中の百メートル走ではビリだったのに、まったく恥ずかしくもなさそうに、四位の旗の後ろで背筋を伸ばして座っていた。

　僕は、口の中が苦くなるのを感じながら、教室に戻る。

　日直の号令に合わせて手を合わせ、お母さんが作ってくれたお弁当を開けると、僕かれている。

の好きな唐揚げやハンバーグ、フライドポテトがぎっしり入っているのが見えた。サッカーボールのピックや旗が立てられていて、ごはんには、海苔(のり)で〈ファイト〉と書かれている。

机をつけている同じ班の子のお弁当に目を向けると、みんなそれぞれに特徴があるお弁当を持っていた。

色鮮やかなサンドイッチの子もいれば、スープジャーにカレーを入れてきている子もいる。お弁当の中身を隠すようにしながら食べている子もいて、ふと、そう言えばお母さんたちが子どもの頃は親と一緒に食べたらしいという話を思い出した。

お母さんが家族みんなの分のお弁当を作ってきて、みんなでビニールシートの上で囲みながら食べるんだという。ピクニックみたいでその方が楽しそうでいいなと思っていたけれど、僕はもう去年までみたいにはそう思いきれなかった。

全員教室で食べることに決まっている方が助かる子もいるとわかるからだ。

水筒を入れていた手提げを開けると、端が折れたプログラムが見えた。

表紙には、六年生の子が描いた、競走というよりもジョギングのように笑顔で走っている女の子と男の子の漫画のようなイラストがある。

川上さんだったら、という言葉が浮かんで胸が苦しくなった。

川上さんだったら、きっとこんなふうには描かない。たとえば、バトンを渡す瞬間の手をリアルに描く。あるいは、地面を蹴る足、ゴールを見据える目、六年生のソーラン節ではためく旗かもしれないし、騎馬戦で揉み合う姿かもしれない。

あまりに上手すぎる絵は、プログラムには合わないかもしれないけれど、僕は、それが見てみたかった。

川上さんが切り取る、運動会のワンシーン、そこに添えられる〈五年　川上千絵〉という名前を。

僕は、箸を握りしめる。

結局、川上さんの家に行ったあの日、水谷くんが家までカメラを取りに帰ることはなかった。

川上さんが『親戚のおばさんに相談してみる』と言ってくれたからだ。

ああ、よかった、と思った。川上さんが、きちんと大人に相談してくれる。これで、恐ろしい計画を実行しなくて済む。

けれど水谷くんは、『だとしても、まずは今晩が心配だ』と食い下がった。

『父親が帰ってきたときに、川上さんが家に一人でいたんじゃ危険すぎる。おばさんが今すぐ助けてくれるならいいけど、そうじゃないなら、少なくとも今晩だけでも家から離れた方がいい』

『帰ってきたときに家にいなかったら、あの人はますます怒るよ』

『それならせめて僕が一緒にいる』

『やっぱり児童相談所に通報した方がいいんじゃないかな』

僕はたまらず言葉を挟んだ。

『川上さんは無駄だって言っていたけど、これまでのことをきちんと話したら、もう二度とお父さんに会わなくて済むようにしてもらえるかもしれないし』

川上さんと水谷くんに揃って視線を向けられ、慌てて、それに、と続ける。

『子どもが何人いたって、きっと意味がないよ』

実際、川上さんのお父さんが暴れ出したとして、僕に止められるとはとても思えなかった。大人の男の人に太刀打ちできるわけがない。

『それか、僕のお父さんに来てもらうとか』

川上さんは口を閉ざし、水谷くんも考え込むように黙った。数秒して、水谷くんが息を吐き、『そうだね』とつぶやく。

『たしかに、それが現実的な方法かもしれない』

僕らは、躊躇いながらも川上さんの家を出た。

水谷くんは、『少なくとも、もうあの方法を使うことはないんじゃないかな』と口にした。

『もっと直接的に殺そうとするのは体格差からして厳しいし、だとすれば、川上さんが父親を殺してしまう心配はしなくていいかもしれない』

それは、暗にその逆の心配はありうると告げていた。

川上さんのお父さんが、娘にはめられたのだと気づいてしまったら、何が起こるかわからない、と。

僕の家に着くと、僕の代わりに水谷くんがお母さんに川上さんの事情を説明してくれた。ゴトのことや、川上さんが作っていた罠のことには触れず、川上さんが置かれている状況だけを。

お母さんはすぐに児童相談所に通報してくれて、水谷くんを家に帰した。そして、約一時間後に仕事から帰ってきたお父さんと一緒に川上さんの家まで様子を見に行ってくれることになったのだった。

本当は僕も行きたかったけれど、お母さんに『私はあなたをそんな人がいるかもしれない場所に連れて行きたくないの』と真剣な声で言われると、それ以上食い下がることはできなかった。

僕は、こうやって育てられてきたんだ、と思った。

子どもを危ない場所に連れて行きたくない、悪いものから守りたい、とそう当然のように考えてくれる親に。

お父さんとお母さんが帰ってくるまで、二時間以上かかった。

川上さんは、と尋ねると、いなかった、と首を振られた。

『誰もいなかったのよ。父親の方はまだ警察署から帰ってきていないのかもしれないし、千絵ちゃんは相談すると言っていた親戚の家に行ったんじゃないかな』

お母さんは、目を伏せたまま声を震わせていた。そんなお母さんの姿を見るのは初めてで、やっぱりお母さんも怖かったんだ、と思う。

『ここから先は大人が何とかするから、おまえはもう忘れなさい』

お父さんの言葉に、忘れるなんて無理だ、と思ったけれど、うなずいた。

正直なところ、僕はホッとしていた。これで、大人の誰かが、何とかしてくれる。

僕は、子どもとしてはできるだけのことをやれたんだ、と。

その後も、何度かこっそり川上さんの家の様子を見に行ったけれど、誰もいないようだった。そして、詳しいことは何もわからないまま夏休みが明け、先生から『川上さんは転校することになった』と聞かされたのだった。

川上さんの日常は大きく変わったのだろう、と思う。家を出て、親から離れ、親戚の家か施設で過ごし、学校も変わった。

それにもかかわらず、僕の日常はこんなにも変わらない。まるで何もなかったみたいに毎日学校へ行って、ご飯を食べて、こんなふうに運動会にまで参加している。

ただ、川上さんに訪れた変化が、どうか良いものでありますようにと祈ることしかできない。


午後の部が始まり、応援合戦が終わると、一年生のダンスの曲が流れ始めた。

曲に合わせてポンポンを振りながら踊る一年生は、ぎこちなかったり、振りを間違えていたりする子も多いものの、みんな一生懸命に身体を動かしている。

保護者席の親たちも、身を乗り出してビデオカメラやカメラを構えていた。

うちも、お父さんとお母さんが毎年張り切って応援に来てくれる。お母さんは最前列で写真を撮り、お父さんは撮影スペースで本格的な三脚を使ってビデオを撮るのだ。

家に帰るとリビングのテレビで流されて、不格好な自分の姿を見せられるのは嫌だったけれど、動画にお父さんの声が入っているのは嬉しかった。

『いいぞ、がんばれ！』『あと少し！』そんなところで声を出したって僕には届くはずもないのに、それでも出さずにはいられずに出してしまったというような声。

——去年、川上さんのお父さんは来ていたんだろうか。

ふいに、そんなことが気になった。来なかったとしたら、川上さんは寂しかったんだろうか。

もし、来ていたとしたら——嬉しかったんだろうか。

胸の奥に、強く押されたような圧迫感を覚える。

僕は思考を払うように顔を振った。

考えてはいけないのだ、と思う。考えれば、その中に沈み込んでいってしまう。本当にこれでよかったのか。自分はどこかで何かを間違えたのではないか、と。

〈次は、二年生の「バルーンダンス」です〉

アナウンスが流れ、周囲でみんなが席を立つ気配がした。

「行くぞ」

渡部くんが、競技スペースの方を向きながら声を上げる。

その姿は、何だか漫画の主人公みたいだった。

仲間がいて、困難もあるけれど最後には勝利する、強くて、目的のために真っ直ぐなヒーロー。

前を向いたまま後ろへしゃべれるのは、それでもみんなに話を聞いてもらえるという自信があるからだ。

ああ、そうだ、と僕は思い出す。

僕は、渡部くんのこういうところが苦手だったのだ。まるで主人公である自分に酔っているみたいに感じてしまうから。

だけど、僕は水谷くんが同じことをしても、同じようには感じない。

水谷くんも、よく僕と視線を合わせないまましゃべる。話し方だって、水谷くんの方がよほど変わっている。なのに僕は、水谷くんのそうした姿を目にしても恥ずかしい気持ちにはならないのだ。

それは、水谷くんが、相手に聞いてもらえていなくても、気にしないだろうとわかるからだ。一人、先に歩いて、後から誰もついてきていなくても、構わない。

作戦の段取りを頭の中でなぞりながら入場門へ向かうと、カラフルなバルーンが二つ見えた。

一枚の大きな布の端をみんなで持って、一気に遠ざかったり近づいたりして中に空気を入れて膨らませるものだ。僕が二年生のときは普通のダンスだったけれど、一年生のときにやったことがある。

どこか見覚えがある動きだからか、ふと、テレビで見る光景みたいだな、と思った。両親のビデオカメラで撮られた昔の運動会と同じことが繰り返されているだけみたいだな、と。

毎年、プログラムの内容は少しずつ違う。曲だって変わるし、もちろん児童の学年や顔ぶれも変わる。だけどそれでも、同じことを繰り返しているようにしか思えなかった。

学校という生き物が、呼吸をするみたいにいろんな行事をやって、膨らんだりしぼんだりする。中身の児童はどんな子だろうとあまり差はなくて、トラブルやハプニングもモシャモシャと飲み込んで何もなかったみたいになる。

そんなことを考えているうちに、騎馬戦の順番が来た。

騎馬の位置を指示している渡部くんの声を聞き流しながら、予め定められている通りの場所へと向かう。

〈騎馬、用意!〉

先生のマイク越しの声が響いた。

ざ、と砂をこする音が一斉に上がり、僕もしゃがんで他の子と腕を組み合わせる。

佐藤くんの裸足（はだし）が手のひらに乗ると、腕にぐっと重みがかかった。

「最初は右だよね」

佐藤くんが頭上から確認してきて、騎馬の前の子が「そうだよ」と答える。

僕は右足を引き、いつでも走り出せるように構えた。僕らの騎馬は、「動きが速い騎馬」として先陣を切ることになっている。佐藤くんの背が低いから、自動的に割り振られたものの、僕は足が遅いから他の子たちの動きについていけるかわからない。

——これで失敗したら怒られるだろうな。

そう思うと、先ほど作戦会議に出た後に感じた微かな興奮は、完全に消え去った。決められたことを、きちんとやり遂げなければならない。

〈いざ、決戦！〉

先生の芝居がかった声と和太鼓の音を合図に、騎馬が一斉に動き出す。

僕は、必死で走った。とにかく端へ。敵陣の外側へ。

途中で敵に阻まれたらどうしようと思ったけれど、僕らより先に端に到達した平山くんたちの騎馬のおかげで、相手は既に混乱し始めているようだった。左、後ろ、下がれ——いくつもの声が飛び交っている。

「右に回れ！」

佐藤くんの声と同時に腕が引っ張られた。慌てて足の向きを変え、身体を捻(ひね)る。

対面したのは僕らよりも頭一つ大きな騎馬だった。

「行け！」

相手の騎手が怒鳴り、巨大な虫が捕食しようとするかのように勢いよく向かってくる。

「左！」

また佐藤くんの声がした。もう僕には何がどうなっているのかわからない。攻撃部隊はもう来ているのか。動きはこれで合っているのか。

「止まれ！」

足を止めると、汗がどっと噴き出してきた。暑い。息が苦しい。腕が痛い。

「今だ！」

相手の騎手が腰を上げて腕を伸ばすのが、佐藤くんの脇から見えた。まずい。咄嗟(とっさ)に思って身体を引いたものの、腕の先が動かない。

――やられる！

身を縮めて顔を伏せた瞬間だった。

「よし！」

　頭上で高らかな声が響く。

「取ったぞ！」

　そう叫んだのは、渡部くんだった。

　相手の帽子を掲げたのは一瞬で、すぐにズボンのポケットに突っ込んで動き出す。

「次！　三橋の方！」

「植木の方に行くぞ！」

　渡部くんの声と佐藤くんの声が重なる。

　またすぐさま騎馬が動き出した。焦りと緊張を煽るように、和太鼓がどん、どん、と鳴り続けている。

　目の前に相手の騎馬が現れた。相手は一騎。だが、植木くんの騎馬は他の方へ行ってしまい、一対一の形になってしまう。

「植木！」

　佐藤くんが叫んだ。

　相手が間合いを詰めてくる。下がる。右へ回る。腕が伸びてくる。回転でかわす。

「植木！」

　もう一度佐藤くんが声を上げる。

視線を向けると、植木くんの騎馬は別の戦いに入っていた。

「逃げろ！」

「待て！」

正反対の声に動けずにいるうちに、相手の騎馬が迫ってきた。

「逃げよう！」

僕が咄嗟に声を上げた瞬間だった。

ふいに、相手の騎手の帽子が消える。

「取った！」

まず声がして、遅れて状況を理解した。

相手の騎馬の後ろに、味方の騎馬が回り込んでいる。

――いつの間に。

「次行くぞ！」

佐藤くんが声を張り上げたとき、ホイッスルが鳴った。

どどどど、と太鼓の音が響き、〈騎馬、戻れ！〉という先生の声がする。

僕は、肩で息をしながら校庭を見渡した。
一、二、三、四――赤い帽子を数えていき、数え終わるよりも前にわかった圧倒的な勝利に息を呑む。

　――これが、水谷くんの作戦なんだ。

〈ただ今の騎馬戦は、十対三で、赤組の勝ちです〉

　わああ、と歓声が上がった。だが、みんな飛び上がることはできない。まだ騎馬を組んでいるからだ。

　つまり、赤組はほとんど犠牲が出ていなかった。騎馬から降りている騎手は――水谷くんだけだ。

　笛の合図で騎馬を崩すなり、改めてみんなが飛び上がった。

「すげえ、本当に勝った！」

「マジで神さまの言う通りじゃん！」

「てか圧勝だよ！」

　みんなが一斉に水谷くんを取り囲み、もみくちゃにする。

「でも言い出しっぺの神さまが帽子取られてんじゃん！」

「いいんだよ、そのおかげで俺が二つ帽子取れたんだから」

　すかさず突っ込みを入れた子からかばうように、渡部くんが水谷くんの肩を抱く。

「な、自分が勝とうとは思わないことが大事なんだよな？」

満面の笑みで水谷くんに語りかけ、水谷くんは「まあ、そういうことだね」とうなずいた。

退場門を出るときには、保護者席の方から「今の赤組すごかったね」という声が聞こえてきて、耳の裏が熱くなる。

すごいのは水谷くんだよ、と言いたくなった。

僕らはただ、水谷くんの作戦に従っただけで、作戦がなければこんなふうに勝つことはできなかった。水谷くんは、推理をして謎を解くだけじゃなくて、こんな作戦を立てることもできるんだ。

「何だよ、おまえらずりーよ。神さまの作戦のおかげなのかよ」

白組の子たちが口を尖らせた。

「いいんだよ、神さまは俺たちの組なんだから」

渡部くんが水谷くんから離れ、今日の作戦がどういうものだったのかを話し出す。

水谷くんが一人になったのを見て、話しかけようと近づきかけたときだった。

すっ、と横から三橋くんが出てきて、水谷くんに近づく。

「ありがとう、神さま」

「力になれたようでよかったよ」

二人が交わした会話はそれだけだった。

三橋くんは小さく会釈をしてそのまま立ち去ってしまう。

——今のは、何だ？

僕は、離れた二人を交互に見た。

ありがとう？　力になれた？　それは、どういう意味なのか。

単に、水谷くんの作戦で勝てたおかげで三橋くんが渡部くんに責められなくて済んだからにしては、何だか二人の様子がおかしい。

三橋くんは人目を気にしているように声をひそめていて、水谷くんは、すべてをわかっているというような顔をしていた。

ただ赤組を勝利に導いてくれたことへのお礼なのだとしたら、こんなふうにこそこそ話す必要はないのに。

「水谷くん」

僕は、水谷くんに向かって足を踏み出した。

今のは、と訊こうと口を開きかけたところで、

「神さま」

と渡部くんが戻ってくる。

「なあ、あの作戦、こいつにも聞かせてやってよ」

そのまま渡部くんに連れて行かれてしまった水谷くんを追いかけるわけにはいかなかった。僕は仕方なく、校舎の方へ向かった三橋くんの方を追いかけることにする。

三橋くんは、下駄箱で靴を脱ぎ、中へ入っていった。

――どこへ行くんだろう？

僕は不思議に思いながら後に続いたが、三橋くんがトイレに入ったのを確かめたところで、追いかけてどうする気なのだろうと気づいた。

何で水谷くんにお礼を言ったの、とストレートに訊いてしまっていいものだろうか。訊けば普通に答えてくれるかもしれないけれど、秘密なことなのなら、訊いてはいけないことのような気もする。

迷いながらも、トイレのドアを開けた瞬間だった。

「あ」

鏡の前にいた三橋くんが、勢いよく振り向いた。

外していた帽子を慌ててかぶり直す。

「……佐土原」

三橋くんの声はかすれていた。

「今……」

「ごめん」

僕は思わず、顔を伏せる。

僕はもう、わかってしまっていた。

なぜ、さっき三橋くんが水谷くんにお礼を言ったのか。

なぜ、三橋くんが、騎馬戦で帽子をかばってばかりいたのか。

なぜ、水谷くんはあんな作戦を立てたのか。

「……佐土原、今のは」

「誰にも言わない」

僕は、遮るように言って首を振った。三橋くんは、どうすればいいか考え込むように視線をさまよわせていたものの、「マジで、頼む」と帽子をかぶったままの頭を下げる。

「大丈夫だよ、僕には噂をするような相手なんかいないし」

三橋くんを安心させようとして言ったことだったけれど、言ってから少し虚しくなった。でも、三橋くんはホッとしたように表情を緩め、「そうだな」とうなずく。

「見られたのが佐土原でよかったよ」

そう言うと、先にトイレを出て行った。

一人残された僕は、何となくすぐに出る気にもなれずに、鏡を見つめる。

脳裏には、たった今、この鏡の中で見たものが蘇（よみがえ）っていた。

——十円ハゲ。

いつも、三橋くんは髪をきちんとセットしている。

洋服もおしゃれだから、そういうのが好きなやつなんだろうと思っていた。

だけど、そうではなかったのだ。

騎馬戦で帽子をむしり取られたら、セットが崩れた頭が見えてしまう。

たくさんの観客に、カメラやビデオカメラを向けられている中で、自分の頭にできたハゲがさらされてしまう。

もちろん、競技の最中にそんなところを見ている人はほとんどいないはずだ。

だが、三橋くんとしてはそうは思えなかったのだろう。それで「神さま」である水谷くんに相談し、水谷くんは今回の作戦を考えた。

水谷くんの作戦では、「動きが速い騎馬」として認定された三橋くんの騎馬は、敵の帽子を取るために危険を冒す必要はなかった。

誰もが納得し、実際に効果も挙げたあの作戦には、実はそんな理由もあったのだ。

僕は校庭へ出て、応援席へ向かう。

秘密にすると約束した以上、みんながいる場所で話はできない。それでも、水谷くんにひと言、すごいね、と言いたかった。

本部席の横を通り、保護者席の脇を回る。

足を前へ動かしながら、そう言えば、と昨日の学活の時間のことを思い出した。

——あのとき、三橋くんは、てるてる坊主に顔を描いていた。

顔を描いたら、雨を乞うためのものになってしまうと、水谷くんが話していたのに。

雨が降ったところで、運動会は延期になるだけで中止にはならない。だから、てるてる坊主に顔を描いても意味がないと思っていた。

だけど、三橋くんにとっては違ったのだ。

もし、雨が降り続けて運動会が延期になり続ければ、その間に少しでも髪が生えてきてくれるかもしれなかったのだから。

僕は、六年生の応援席の後ろで、ふと、足を止める。

後から考えれば、なぜ、そこで足を止めたのかはわからなかった。何となく、そこで得点板に目を向けただけだったのだ。

だが、ここで僕は信じられない言葉を耳にすることになる。

僕は、完全に動けなくなった。

この日、この後あったことを、僕はまったく覚えていない。閉会式も、家に帰った後に親に見せられたはずの写真や動画も。

このとき僕が聞いたのは、「知ってる？　五年生の川上さんって子、親に殺されたらしいよ」という言葉だった。

# 第四話　冬に真実は伝えない

「おい、神さま」

そう水谷くんに声をかけたのは、同じクラスの黒岩くんだった。

僕は、あれ、と思う。黒岩くんは、ついさっき綿貫くんたちと教室を出て行ったばかりだったからだ。

二時間目と三時間目の間の十五分しかない中休みでも、黒岩くんたちは雨さえ降っていなければ必ず校庭へ行く。チャイムが鳴るや否やダッシュで飛び出し、また終了のチャイムが鳴り終わるギリギリに息を切らして戻ってくるのだ。

今日もいつものように出て行ったはずなのに、と思ったところで、黒岩くんが「ちょっと」と声をひそめながら水谷くんを手招きした。

人目を憚るそぶりに、水谷くんは不思議そうな顔をしたものの、すぐに席を立つ。

廊下まで出ると、黒岩くんが辺りを見回してから水谷くんに向き直り、隣にいる僕を見て顔をしかめた。

水谷くんと二人だけで話したいんだろうな、とわかったけれど、僕は鈍感なふりをして動かずにいた。

　黒岩くんは数秒躊躇(ためら)ってから、ひとまず僕のことは気にしないことに決めたのか、

「おまえってさ、困ってることは何でも解決してくれるんだってな」と切り出す。

　水谷くんが「何か困っているの？」と首を傾げると、バツが悪そうに顔を背け、

「別に困ってるってわけでもねえけど」と唇をほとんど動かさずに言った。

　どうやら、黒岩くんは何か水谷くんに相談したいことがあるらしい。

　とても相談を持ちかける人間の態度とは思えないが、実のところ、水谷くんにこんなふうな態度を取る人は少なくないのだった。

　いつもクラスの中心で騒いでいるような目立つタイプほど、別に本当には神さまだなんて思っていないというような響きを込めて、「神さま」と口にする。

　俺が水谷ごときに真剣に助けを求めるわけがない、ただ、これまでにいろんな問題を解決して「神さま」とか呼ばれているらしいから、ちょっと試しに問題を吹っかけてやることにした、というポーズだ。

　秋の運動会で、水谷くんの作戦のおかげで騎馬戦に勝利してからは、赤組の子たちの態度は変わったけれど、白組の子たちは変わっていない。

　だが、水谷くんは気分を害したそぶりもなく、「何でも解決できるわけではないけ

ど、僕で力になれることなら聞くよ」と黒岩くんを見た。

　黒岩くんは微かに視線をさまよわせ、「大したことじゃねえんだけどさ」とさらに前置きをしてから声のトーンを落とす。

「おまえさ、呪いの本って知ってるか」

「呪いの本」

　水谷くんがオウム返しに言ったことで、知らないらしいと判断したのか、

「ほら、うちの学校の図書室にある、読むと呪われるってやつだよ」

と続けた。

　ああ、と水谷くんがうなずくと、「まあ、さすがに知ってるか」と唇の端を歪める。

　それから、ほんの一瞬、僕の方にまで反応を試すような視線を向けてきた。

　僕は、腹の底で何かがうごめくのを感じたけれど、声には出さなかった。

　呪いの本というのは、三学期に入ってから学校で流れ始めた噂だ。

　一学期までうちの学校にいた川上さんの霊が、ある一冊の本に呪いを込めていて、それを最後まで読むと呪われる——一体誰が最初に言い出したのかは知らないが、そんな怪談がまことしやかに語られるようになったのだ。

　川上さんは父親から虐待を受けており、いつも家から逃げるようにして学校に来て

いたが、夏休み中に殺されてしまった。死んだ後も霊は学校に逃げてきていて、自分を助けてくれなかったくせに毎日楽しそうに過ごしている子どもたちを見ては恨みと妬みを募らせている。

呪いの本は、彼女の怨念が込められたもので、すべて読みきるとあちらの世界に連れて行かれてしまう。

ただし、すぐに連れて行かれるわけではなく、三日間待ってくれる。その間に次の人間に呪いの本を読ませることができれば、助かることができる——よくある怪談や都市伝説を適当に混ぜ合わせたものだろう、と言ったのは水谷くんだった。

僕は、どうして水谷くんがそんなふうに冷静に分析するようなことを言えるのかわからなかった。

だって、川上さんの話なのだ。

トイレの花子さんとか、口裂け女とか、昔この学校で死んだ子がいるらしい、とか、そういう本当にいるのかどうかもわからないような話じゃなくて、同じクラスにいて、一緒に授業を受けていた川上さんのことなのに。

僕らは川上さんのお父さんがパチンコ屋に行けなくなるような計画を立て、磁石の実験をして仕掛けを作り、川上さんの家にも行った。虐待を受けているということに気づいて、児童相談所に通報することにしたのも僕たちだ。

その後、川上さんがいなくなって、先生からは「転校した」と聞かされて、親戚（しんせき）のおばさんの家か施設に行くことになったから学校を変わらなきゃいけなくなったんだろうと思っていた。

だけどそれからひと月以上経って、川上さんがお父さんに殺されてしまったらしいという噂を耳にしたのだ。

噂によれば、学校の誰かが、川上さんの家に救急車とパトカーが停まっているのを見たのだという。

初めてその話を聞いたとき、僕はまず、そんなはずはない、と思った。

川上さんはあの家ではない場所に保護されたはずなんだから、と。

だけど、僕には一つだけ思い当たることがあった。

川上さんのお父さんがパチンコ屋で逮捕された日、児童相談所に通報してから川上さんの家に様子を見に行ってくれた僕のお母さんは、目を伏せたまま声を震わせていた。

『誰もいなかったのよ。父親の方はまだ警察署から帰ってきていないのかもしれないし、千絵ちゃんは相談すると言っていた親戚の家に行ったんじゃないかな』

そして、『ここから先は大人が何とかするから、おまえはもう忘れなさい』と言った僕のお父さん。

お母さんも怖かったんだ、と思っていた。お父さんは僕を心配してくれているんだ、と思っていた。

だけど、それだけじゃなくて——僕に本当のことを教えまいとしていたんだとしたら？

噂の中に、虐待という本当の情報が含まれているのも気になった。家の前に救急車とパトカーが停まっていたというだけで、川上さんが虐待で殺されたなんて話になるのは飛躍がありすぎる。たしかにそういうニュースはたまに聞くけれど、それでも普通まず考えるのは不運な事故だ。

怪談を作り出した子が、それらしくするために、無念が残りそうな死に方にしようと考えたのか、事情を知っている大人の誰かが不用意に漏らしてしまったのか——あるいは、事件より前に気づいている子がいたのか。

川上さんはいつもプールの授業を欠席していたけれど、体育の時間には普通に参加していた。もし、彼女が怪我の痕を隠そうとしていたのだとしたら、同じ部屋で着替えをしている女子の中には、それを目にしたことのある子がいるかもしれない。

その場合でも、直接、その傷は何なのかと問うことはしなかったのだろう。そこで何人もが気づいて話題になったのなら、もっと早く虐待のことが問題になっていただろうから。

だが、川上さんが突然学校に来なくなり、川上さんの家の前に救急車とパトカーが停まっていた、川上さんは死んでしまったんじゃないか、という噂が流れ始めたところで、その子はこう漏らしたのではないか。

そう言えば私、あの子がひどい怪我をしているのを見たことがある、と。

そこから虐待死という噂が生まれ、怪談が作られた——そんなところではないか、と淡々と言う水谷くんからは、怒りは感じられなかった。

川上さんが、面白半分でネタにされているのに。

「それで、その呪いの本がどうしたの」

水谷くんは、静かに先を促した。

黒岩くんは再び周囲を確認してから、実はさ、と唇を舐める。

「昨日の図書の時間、綿貫のやつが、これ読んでみろよって呪いの本を渡してきたんだよ」

秘密の話をするような口調だったけれど、僕は驚かなかった。

なぜなら、僕はその現場を見ていたし、図書委員として黒岩くんにその本を貸し出したのも僕だったからだ。

だから本当のところ、黒岩くんが水谷くんに話しかけてきた時点で、もしかして、と思っていたのだった。あの本のことで相談するつもりなんじゃないか、と。

昨日の図書の時間、『くだらねえ』と笑う黒岩くんを、綿貫くんは『あ、ビビってんだろ』とからかっていた。黒岩くんは『ちげーよ』と声を尖らせ、『何でこんな女子が読むようなもん読まなきゃいけねえんだよ』と言い捨てた。

「呪いの本」と呼ばれているのは、『絶叫ライブラリー　友だち地獄』というホラーの本だ。

カバーにはセーラー服が血で汚れた二人の女の子のイラストがあって、「小説なかよしホラー」と書かれている。元々は「なかよし」という少女漫画雑誌の漫画をノベライズした本で、カバーのイラストも少女漫画っぽいからか、借りていく子の大半は女子だった。

だが、「呪いの本」だと言われるようになってから、普段なら手に取りそうにない男子にも、肝試し的に読まれるようになったのだ。

実は僕も、中を見ればどうしてこの本が「川上さんの呪いの本」だと言われるようになったのかわかるかもしれないと思って、めくってみたことがある。

その結果わかったのは、四つ入っている別々の物語の中の一つ、「地獄エレベーター」という話の主人公の名字が「川上」だということだった。

もちろん下の名前は違うし、物語の内容もまったく違う。

「地獄エレベーター」は、二人の女の子がエレベーターを使った秘密の遊びをする話なのだ。

幼い頃からの親友同士だったはずなのに、その遊びをきっかけにすれ違い始め、それが取り返しのつかない事態を招いていく——そんなゾッとする話ではあるけれど、虐待の話ではないし、父親自体ほとんど登場しない。

ただ単に、名字が一緒だというだけで選ばれたのだとしか思えなかった。

そもそも、もし本当に川上さんの霊が何かしているのだとしたら、それは図書室の本なんかじゃなくて、図工室のどこかに出てくるんじゃないかと思うのだ。

川上さんは、絵を描くのが好きだった。休み時間はもちろん、時には授業中も絵を描いていた。図書室にいることもあったけれど、そこでも本を読むより絵を描いていた方が多かったはずだ。

だから僕は、「呪いの本」なんて信じていない。

そんな怪談を作った人も、それを信じて騒いでいる人も、みんなバカだと思う。

「別にどうってことない本だったんだよ」

黒岩くんは頭を掻きながら言った。

「まあ、ホラーではあるから薄気味悪い話ばっかではあるんだけどさ、でも別に虐待の話があるわけでもないし、これが『呪いの本』って言われてもピンとこないっていうか」

「全部読んだの？」

水谷くんが尋ねると、「もちろん」とうなずく。

「だって、全部読まないと呪われないんだろ？　途中で止めたら肝試しになんねえじゃん」

肝試し――やっぱりそういう感覚だったのだ。

「でもさ、読み終えても何も起こらなかったんだよ。俺、読むの結構速いから図書の時間に読み終わったんだけど、いきなりおばけが出てくるってわけでもないし、具合が悪くなるわけでもないし。何だ、やっぱりガセじゃんって綿貫に言って本を返して、で、こんなのにマジでビビってるやつなんかいんのかよって言ってたんだけど」

黒岩くんはそこで一度言葉を止めた。唇を舐め、そんな自分を恥じるように「ぜって一誰かのいたずらなんだけどさ」と言ってから続ける。

「別の本を借りたら、そこに、あったんだよ」

「何が？」

「何がっつーか……落書き、みたいなのが」

落書き、と水谷くんが復唱すると、顔を忌々しそうに歪めて「マジでむかつくんだよ」と吐き捨てる。

「真ん中くらいのページまで来たところで、ページの白いところにいきなり〈あと三日〉って書いてあったんだ」

――あと三日。

「何だよこれって思って、綿貫に、おまえふざけんなよ、こんなんで俺がビビるとでも思ってんのかよって言ったんだけど、綿貫は、俺じゃない、こんなの知らないとか言い張るんだよ」

「それがその本？」

水谷くんは、黒岩くんの手にある本に視線を向けた。だが、黒岩くんは「いや、これじゃない」と言って手を引く。

「マジでむかついたから、消しゴムで消して返した」

「消した？　ということは、鉛筆で書かれていたの？」

「たぶんな。薄い字だったから消しゴムで綺麗に消えたし」

ふいに、何度も消しゴムをかける黒岩くんの姿が浮かんだような気がした。こんなんで俺がビビるとでも思ってんのかよと思いながら、それでも完全に消えるまで消しゴムを動かさずにいられなかった黒岩くん。

「でもさ、おかしいんだよ」

黒岩くんは、そこで声のトーンを落とした。

「絶対綿貫がやったんだと思ったんだけど、綿貫は、俺はおまえがその本を手に取ってから一度もその本に触っていないって言うんだ。たしかに、俺は自分で決めて本棚から出してそのまま貸し出しカウンターに持って行った」

なるほど、と水谷くんがうなずく。

「つまり、綿貫くんに薦められたわけでもなく、完全に自分の意思で手に取ったわけだから、綿貫くんにいたずらを仕掛ける隙はなかったはずだってこと？」

「そうなんだよ」

黒岩くんは、話が早くて助かるというように、身を乗り出した。

「おかしいだろ？　俺がその本を選んだのは偶然なんだよ。何か適当に別の本でも借りようと思って、何となく目についた本を手に取っただけなんだ。だから俺があの本を選ぶなんて綿貫にも誰にも予想できなかったはずなんだよ」

「ちなみに、それは何ていう本だったの？」

「『ワケあり生きもの図鑑』ってやつ」

黒岩くんが答えたのは、タイトルの通り、変わった生態の生き物について紹介する図鑑だ。

「しかも、俺は〈返却されたばかりの本〉ってコーナーから手に取ったんだ。前に借りたのが誰なのか知んねえけど、そいつは騒いだりも消したりもしなかったってことは、そいつが読んだときには落書きはなかったってことだろ？」

「その子が書いたっていう可能性もあるけど」

水谷くんが首を傾げて言うと、あ、と口を大きく開いた。けれど、すぐに「いや」と言って首を振る。

「それで終わりじゃねえんだよ」

黒岩くんは低い声で言った。

「むかつくから、その本もやめてまた別の本を選ぶことにしたんだ。今度は普通の本棚に入っているやつから引き出して、その場でページをめくってみることにした。それなら俺以外の誰にも触れないだろ？　『ワケあり生きもの図鑑』は、誰かが適当に落書きをした本をたまたま俺が選んじゃっただけかもしれないけど、さすがに二冊連続でそんなことが起こるわけがない。──なのに」

そこで言葉を止める。意識的に溜めを作ったというより、言葉に詰まったような感じだった。黒岩くんの喉仏が、上下に動く。

「今度は、最初のページをめくってすぐのところに、さっきの落書きと同じ字が書かれていたんだよ。……しかも、俺の名前まであった」

「何て書かれていたの？」

「――〈黒岩憲悟は血まみれで死ぬ〉」

水谷くんが眉を上げた。

黒岩くんは再び唇を舐める。

「ただ〈血まみれで死ぬ〉ってだけなら、全然関係ない誰かが前に書いたものかもしれないけど、俺の名前もあったってなると、俺に向けて書かれたものだとしか思えねえだろ」

水谷くんはうなずかず、「それは何て本？」と尋ねた。

黒岩くんが、「チグハグの、ＵＦＯとか出てくるやつ」と答える。

それは、「チグハグ三人組」シリーズの一冊だった。みんなに人気のシリーズで、いつも誰かしらが借りている。

「何だよこれって思って、すぐに本棚に戻したけど、これじゃ俺がビビってるみたいじゃんか。むかつくから、もう一冊だけ試してやることにしたんだ。選ぼうと思うからいけないんじゃないかと思って、今度は目をつむって、自分でもどれを選ぼうとか考えないで本当に適当に取ることにした。誰かが俺にわざと手に取らせることもできないように、誰もいない本棚で」

黒岩くんが、手にしていた本を水谷くんに差し出した。

『いじめって、なに？』

たしかに、普通なら絶対に黒岩くんが手に取らなそうな本だった。

そもそも、クラスメイトが全員いる図書の時間に、いじめについての本を読む子はほとんどいない。

いじめについての本が集められている棚に近づく子自体見たことがなかった。

水谷くんが本を手に取り、ページをめくっていく。

僕は、首を伸ばして覗き込んだ。

ページがめくられるごとに、心拍数が上がっていく。この本が、何なんだろう。どうして黒岩くんは、この本を持ってきたんだろう。

まさか、この本にも、何かあるというのか。

〈たすけて〉

ひゅっ、と喉が小さく鳴った。

——何だ、これは。

その言葉は、真ん中くらいのページの端に書かれていた。

拙い字で書かれた、殴り書きであることがあからさまな四文字。

二の腕の肌が粟立った。

一瞬、周りから音が消えて、知らない場所に一人で取り残されたような感覚になる。

まさか——そう考えた先が言葉にならない。

「なあ、神さま」

最初よりも弱々しい黒岩くんの声が、くぐもって聞こえた。

「これ、一体何なんだよ」


なるほど、と水谷くんは言って、鼻の下を指でこすった。

「たしかに、これは謎の匂いがするね」

いつもと変わらない口調で言った水谷くんに、僕は呆然と顔を向ける。

——水谷くんは、怖くないんだろうか。

「そんな呑気な話なのかよ」

黒岩くんも目を尖らせて言った。一度口を閉じてから、ビビっていることを悟られてしまうと思ったのか、「どうせ誰かのいたずらに決まってるけど」と言い足す。

「つまり、君としては、本当に呪いだったらどうしようというより、誰がこんないたずらをしたのか知りたいってこと？」

水谷くんが尋ねると、視線をさまよわせながら「おう」と答えた。

「それじゃあ、もし誰のいたずらでもなくて、本当に呪いだったらどうするの？」

黒岩くんの目がさらに揺れる。

「それは……」

「呪いから逃れる方法については考えなくていい？」

「いや……まあ、それも、教えてくれるんなら聞くけど」

黒岩くんは気まずそうに口の中でくぐもった声を出した。

――やっぱり黒岩くんも、本当は怖くてたまらないんだ。

それはそうだろう、と思った。

だって、こんなの――怖くないわけがない。

「呪いの本」なんて嘘に決まっていると思って、だからこそ肝試しをしたというのに、その結果、本当に呪いだとしか思えないようなことが起こっているのだから。

適当に手に取ったどの本にも、呪いのような言葉が書かれていた。

〈あと三日〉

〈黒岩憲悟は血まみれで死ぬ〉

〈たすけて〉

川上さんの、静かな表情が蘇る。

『本当にありがとう、水谷くん、佐土原くん』

川上さんの家から帰る僕たちに向けて、力なく発せられた言葉。

あのとき、川上さんは自分の身にこれから何が起こるのかを察していたのではないか。

もう僕たちと二度と会うことはないかもしれないと思って、あんな言葉を言ったのではないか。

自分はきっと、殺される。

その未来は変えようがないのだとあきらめながら、それでも本当は助けを求めていたのではないか。

待って、行かないで、一人にしないで――そんな言葉を必死に飲み込んで、ただひたすら恐怖に耐えていた。

僕は、ぎゅっと強く目をつむる。

——どうしてあのとき、川上さんを一人にしてしまったのだろう。

水谷くんは、『児童相談所に通報した方がいい』『子どもが何人いたって、きっと意味がない』という僕の言葉に『そうだね』とつぶやいた。

『たしかに、それが現実的な方法かもしれない』と。

その言葉を信じて、大人に任せることにした。

だけど、たった一人で、恐ろしい空間に置き去りにされた川上さんは、去っていく僕たちの後ろ姿をどんな気持ちで見つめていたのか。

——恨まれているのかもしれない。

父親に殺された川上さんは、自分を助けてくれなかったくせに毎日楽しそうに過ごしている子どもたちを見ては恨みと妬みを募らせている。

そんな怪談を耳にしても、ただの作り話だとしか思えなかった。

——でも。

それは、本当だったのではないか。

川上さんは、僕たちを恨んでいる。虐待のことを知りながら、助けてもくれず、大人に任せた方がいいという正論を使って逃げた僕たちを。

——そう、僕は逃げたのだ。

暴力を振るうという川上さんのお父さんが怖かった。僕まで殴られることになるかもしれないと思った。それに対抗する手段を川上さんと一緒に考えるのも恐ろしかった。関わりたくないと、そう思ったのだ。

きっと、川上さんは僕のそんな思いを見透かしていたのだろう。だから、喉の奥までこみ上げてくる言葉を、口にしなかったのだ。

助けて。

その、ひと言を。

目を開くと、水谷くんは、もうページを閉じていた。

あの文字を見なくて済んだことにホッとしかけて、そんな自分が嫌になる。

見なくても、もう文字はまぶたの裏に焼きついていた。

〈たすけて〉

限られた残り時間に追われながら、必死に、叫ぶようにして書かれた文字。

水谷くんは、呪いから逃れる方法は簡単だよ、と言った。

「他の誰かに呪いの本を読ませればいい」

黒岩くんは目をしばたたかせてから、顔をしかめる。

「……そんなみっともない真似できるかよ」

「ビビってると思われるから？」

そうだよ、と語調を強め、「別にビビってなんかねえし」と鼻を鳴らした。

水谷くんは、そうだね、とうなずく。

「たしかに、ここで止められるならその方がいいよね」

水谷くんの言葉に、僕はふいに気づいた。

綿貫くんが黒岩くんを挑発してまでこの本を読ませたのは、呪いから逃れるためだったのではないか。それこそ肝試し気分で読んでみたものの、期限の三日目が来るまでに怖くなり、新たな生贄に呪いを押しつけることにしたのかもしれない。

「じゃあ、とりあえず現場に行ってみよう」

水谷くんは、本を片手に歩き始めた。

躊躇いなく階段を降りていく背中を、黒岩くんと僕が追う形になる。

図書室まで向かう間、黒岩くんは水谷くんに声をかけようとしなかった。まるで何も関係ないというように、パーカーのポケットに手を突っ込んで、横を見ながら歩いている。

廊下は、ひどく寒かった。

口を開けると白い息が漏れ、呼吸をするごとに身体が芯から冷えていく。

図書室に着くと、水谷くんはまず、「小説なかよしホラー」のシリーズが並んでいる棚へ向かった。

「最初に『友だち地獄』を手に取ったのは、ここ？」

おう、と黒岩くんはそっぽを向きながら小さくうなずく。

「で、これを借りてすぐに読んで、次に『ワケあり生きもの図鑑』を〈返却されたばかりの本〉のコーナーから選んだ」

水谷くんは確認するように言いながら、コーナーの前へ行って、置かれていた本をパラパラとめくる。

最後のページまでめくり終えると、貸し出しカウンターの前まで進み、「ここで貸し出し手続きをして、席に着いて読んだ」とつぶやいた。

貸し出しカウンターにいた図書委員の六年生が、怪訝な顔をする。水谷くんは構わず踵を返し、「次は『チグハグ三人組』シリーズだね」と言って、〈読みもの〉の棚へ移動した。

「チグハグ三人組」シリーズは人気が高いから、元々十冊以上あるはずなのに、二冊しか棚に残っていない。

水谷くんはその二冊を順番に手に取り、流れるような手つきですべてのページを確認した。

「なるほど、他には落書きがされている本はないね」

冷静に分析するような声に、黒岩くんの顔が強張(こわば)る。

「で、最後に『いじめって、なに？』」

水谷くんは、いじめについての本が集められた棚へと歩いていき、またしてもそこに並んでいる本を確認し始めた。一冊、二冊、三冊、四冊――水谷くんが次々に見ていく間も黒岩くんは動かない。また文字が見つかったらどうしようと思っているのか、それとも、周りの目を気にしているのか。

僕は一歩前に出て首を伸ばし、水谷くんの手元を覗き込んで息を呑(の)んだ。

〈たすけて〉

〈たすけて〉

〈たすけて〉

〈たすけて〉

ゾッ、と悪寒が足元から這(は)い上がってくる。

――どうして。

水谷くんは、すべての本を確認し終えると、小さくため息をついた。

「なるほどね」

「何かわかったのか？」

身を乗り出した黒岩くんに答えず、何かを考え込むように拳を口元に当てる。宙に書かれている見えない何かに目を通すように、眼球が左から右へ動いた。視線が真ん中へ戻り、そこで止まる。

水谷くんには謎が解けたのだろう、といつも一緒にいる僕にはわかった。

――いや、水谷くんは黒岩くんの話を聞いている段階で、既に見当をつけていたのかもしれない。

きっと、図書室まで来たのは推理を確かめるためだけだったのだ。

水谷くんは、黒岩くんに向き直り、口を開いた。

「ごめんね」

「え？」

僕と黒岩くんの声が重なる。

「僕には力になれそうにないよ」

水谷くんは、それだけを言うと唇を閉ざした。

僕は、耳を疑う。

——力になれそうにない？

何を言っているのか。

謎が解けたんじゃないのか。

水谷くんが、そんな、負けを認めるようなことを言うなんて——

「何だよおまえ、困ってることは何でも解決してくれるんじゃないのかよ」

黒岩くんの頬が赤くなった。

「僕は別に神さまなんかじゃないからね」

水谷くんは静かに言って、「でも呪われているわけではないだろうから、大丈夫だと思うよ」と続ける。

おまえ、と黒岩くんは凄(すご)んだ。

「何を根拠にそんなことが言えるんだよ。俺が呪われていたらどうするんだよ」

「さっき言ったよね。呪いが怖いなら、誰かに押しつければいい」

「別に怖くなんかねえって言ってるだろ！」

黒岩くんは声を荒らげ、図書室中の視線を集めていることに気づくと顔をさらに赤くした。

「……もういい」

低く呻(うめ)くように言い、水谷くんに肩をぶつけながら図書室を出て行く。体当たりされた水谷くんは大きくよろめき、体勢を戻してから息を吐いた。

「水谷くん」

僕はひとまず呼びかけたものの、その次に何と続ければいいのかわからない。大丈夫かと訊(き)くのも間が抜けているし、どうして黒岩くんにあんなことを言ったの、と尋ねれば、責めているみたいだ。

そこまで考えて、僕は自分が考えたことに驚く。

――僕は、水谷くんを責めているんだろうか。

どうして、いつもみたいにちゃんと推理をしてくれないのか。本当に真相がわからないのか。

水谷くんは手に持っていた本を棚に戻し、図書室から出て行く。

「水谷くん」

僕は慌てて後を追った。

水谷くんは振り向くこともなく、下駄箱(げたばこ)へ向かい、外履きに履き替える。

そのとき、頭上からチャイムの音が響いた。

僕はハッと顔を上げる。

これは予鈴だから、中休みが終わるのは五分後だけれど、教室に間に合うように帰るにはもう戻らないといけない。

だが、水谷くんは構わずに外へ出た。僕はほんの一瞬迷ったものの、靴を履き替えて後に続く。

水谷くんは手洗い場の脇を抜けて左に曲がった。そのまま一直線にプール裏の空間へ向かっていく。

僕は、やっぱり、と思った。

やっぱり、水谷くんは、真相に気づいているのだ。

プール裏は、夏場以外は誰も来ないような場所だった。水色の高い壁と木に挟まれていて、日が入らないからすごく寒い。

水谷くんが足を止め、僕を振り向きながら右手を挙げた。

「黒岩くんが見た落書きがある本は、『ワケあり生きもの図鑑』『チグハグ三人組の宇宙旅行』『いじめって、なに？』の三冊」

ひと息に言いながら指を順番に立てる。

「一冊目の『ワケあり生きもの図鑑』は、〈返却されたばかりの本〉のコーナーから適当に取り、貸し出しカウンターで借りて席で読んだ」

手を下ろし、僕の顔をじっと見た。

「二冊目の『チグハグ三人組の宇宙旅行』は普通の本棚に収まっていた本。今度は貸し出し手続きは行わず、その場でページを確認した」

息継ぎをしてから「そして三冊目の本」と続ける。

「この『いじめって、なに？』は、誰もいない本棚の前で黒岩くんが目をつむったまま適当に引き出した本だ」

すっと図書室の方へ視線を向けた。

「どれも別々の方法と状況で手に取ったのに、なぜかどれもに『呪い』のような言葉が書かれていた。〈あと三日〉〈黒岩憲悟は血まみれで死ぬ〉〈たすけて〉――たしかに呪いだとしか思えない状況だし、黒岩くんはああ言いながらも本心ではすごく怖がっていたんだろう。あと二日の猶予の間、その恐怖に一人で耐え続けるのか、それとも誰かに押しつける方法を選ぶのか」

水谷くんは、目を伏せる。

「どちらを選んでも苦しいよね。前者の場合、あと二日怯（おび）え続けなければならないし、後者の場合、自分が恐怖に負けたのだと認めることになる」

「だったら、どうしてさっきあんなことを言ったの」

僕はこらえきれなくなって尋ねた。

「どうして？」

水谷くんが訊き返してくる。

「だって水谷くんは、本当はあれが呪いでも何でもないってわかってるじゃないか」

「どうしてそう思うの？」

水谷くんの顔は、不思議そうでも、問いただすようなものでもなかった。ただ、確認のように訊いてくる。

だって、と答える声が微かに震えた。

「だって……水谷くんは神さまなんだから、わからないわけがない」

「僕は神さまなんかじゃないよ」

さっき黒岩くんに対して言ったのと同じ言葉に、カッと頭に血が上る。

「じゃあ、どうして今、あと二日怯え続けなければならないって言ったんだよ。もし呪いだと思っているなら、『前者の場合は死ぬことになる』じゃないとおかしいじゃないか」

水谷くんは、なるほど、といつもの口調で言い、たしかにそうだね、とうなずいた。

ほら、と言う僕の声がみっともなく裏返る。

「やっぱりわかってるじゃないか」

水谷くんは、わからなければならないのだ。

何でも見抜いて、正しい道を示さなければならない。

水谷くんは、小さくため息をついた。

「まあ、そうだね」

その言葉に、僕は泣きたいような気持ちになる。それが、どんな感情によるものなのかは自分でもわからなかった。

水谷くんは、鼻の下を指でこすり、それを合図のようにして話し出す。

「怪異なのかどうかを考えるには、まずそれが人間に可能なことなのか不可能なことなのかを考えなければならない」

お告げを口にするような声音だった。

「黒岩くんが自分の意思で適当に選んだはずの本なのに、どれにも『呪い』らしき言葉が書かれている——一見すれば、人間には不可能なことのように思えるかもしれない。でも、一つ一つ分けて考えれば、どれも可能なことだ」

さっきと同じように一本指を立て、一つ目、と告げる。

「黒岩くんは〈返却されたばかりの本〉のコーナーから本を選んだ。可能性としては、前に借りた人が書いた、という線も考えられなくはないけど、その後の『呪いの言葉』と同じ筆跡だったことから、この線は除外できる。残されている可能性は、黒岩くんが手に取ってからページを開くまでの間に手に取った人間が書いたという線だ。そして、それができた人間が一人だけいる」

水谷くんは、そこで言葉を止めると、それが誰なのかは言わずに、二つ目、と続けた。

「今度は黒岩くんは貸し出し手続きをせずに、その場で確認している。だから、黒岩くんが選んだ後に、誰かが書き込む隙はなかった。それで人間には不可能なことだと思えたわけだけど、そもそも、この本を手に取るのは黒岩くんでなくてもよかったんだよ」

一度手を下ろし、「心理トリックみたいなものだよ」と宙を見る。

「黒岩くんが選んだ本のどれにも『呪いの言葉』が書かれていたから、『呪いは黒岩くんをターゲットにしていて、黒岩くんが手に取る本に文字を浮かび上がらせている』ように見えた。でも、もし黒岩くんじゃない人が手に取っていたとしても、結果は同じだったんだ。別の人が手にしたとしても、その人が『ここに黒岩くんの名前が書いてある』と騒ぎ始めたら、黒岩くんは同じように『自分がターゲットにされている』と感じたはずなんだから」

　チャイムが鳴った。

　中休みの終わりを告げる本鈴だ。

　だが、水谷くんも僕も動かなかった。

　水谷くんは「つまり、黒岩くんが手に取った本に書かれているというのは必須ではなかったんだよ」と続ける。

「『チグハグ三人組』シリーズはみんなに人気があるから、もし黒岩くんが選ばなかったとしても、誰かが手にしただろう」

　そして三つ目、と水谷くんが指を立てた。

「これはもっと単純だ。目をつむって、本当にランダムに選んだはずの本なのに、『呪い』だと思われるような言葉があった、だから怪異だ、と黒岩くんは考えたけれど、これは労力さえかければ誰にでもできるトリックなんだから」

　簡単なことだよ、と口にする水谷くんを、僕はじっと見つめる。

「あの棚の本、全部に〈たすけて〉と書いておけばいい」

　僕は、さっき図書室で水谷くんがあの棚の本をチェックしていたときに見えた文字を思い出していた。

〈たすけて〉〈たすけて〉〈たすけて〉〈たすけて〉〈たすけて〉――どの本にも書かれていた文字。

　僕は、でも、と言葉を挟む。

「どの棚を黒岩くんが選ぶかはわからなかったはずだよね？　それとも、図書室の本全部に書いたって言うの？」

　いや、と水谷くんは首を横に振った。

「そんなことはさすがにできないだろうし、もしできたとしても、そんなことをすればみんなが騒ぎ出していただろう」

「だったら」

「これも心理トリックみたいなものだよ」

　僕の言葉を遮って言う。

「黒岩くんは何気なく本棚を選んだつもりだったけど、本当はさりげなく選ばされていたんだ。あのとき、黒岩くんは疑心暗鬼になっていた。これは本当に呪いなのか、それとも誰かが自分を怖がらせるためにいたずらでやっていることなのか――目をつむって手に取る、という案を考えたときに、不安としてあったのは、誰かにわざと渡されるんじゃないかということだった。黒岩くん自身も言っていたことだよ。『誰かが俺にわざと手に取らせることもできないように、誰もいない本棚で』――そして、誰もいない本棚を作るのは、人間にできないことじゃなかった」

　水谷くんは、

「あの棚には、いじめについての本が集められていた。図書の時間にみんなのいる中で手に取るのはちょっと憚られるような本だ」

　と、僕が考えたのと同じことを言った。

「他にもそういう棚がなくはないけど、もし黒岩くんがその棚に行こうとしたら、犯人がそこの前に立ってしまえばいい」

　水谷くんは、犯人、という言葉を使った。

　その冷たい響きを聞きながら、僕は「だったら」と口を開く。

「どうしてさっき、今の推理を黒岩くんに聞かせてあげなかったの？」

　聞けば、黒岩くんは安心したはずだ。

　呪いでも何でもないとわかり、水谷くんにも「さすが神さまだ」と感謝しただろう。

　それなのに、言わないで突き放したのはなぜなのか。

「犯人をかばおうと思ったの？」

　そうとしか思えなかった。なぜなら、黒岩くんは安心した後、自分を怖がらせた人間に怒ったはずだから。

そして──今の水谷くんの推理を聞けば、黒岩くんにも犯人がわかる。

黒岩くんが一冊目の本を手に取ってからページを開くまでの間に、貸し出しカウンターの中で本に触れた人間──僕なのだと。

「僕をかばうために、わざと嘘をついたの？」

僕は言い換えた。

けれど、水谷くんは「違うよ」と短く答える。

「じゃあ、どうして？」

「君と同じだよ」

水谷くんは、僕を真っ直ぐに見つめた。

「黒岩くんが、怯えればいいと思ったんだ」

その言葉に、僕は身体の内側に強い風が吹き抜けていくのを感じる。

──ああ。

そうだったのだ、と思った。

言葉にして意識していたわけではない。けれどたしかに、僕は黒岩くんが許せなかった。

〈川上さんの怪談〉を面白がり、肝試し気分で〈呪いの本〉だと言われている本を手にした黒岩くんが。

　川上さんは、死んでしまった。

　実の親から虐待され、誰にも助けてもらえず、たった一人、恐怖と苦痛の中で、殺された。

　それなのに、同じクラスにいた子がそんな目に遭ったのに、どうしてそれを怪談なんかにして面白がることができるのか。

「初めてあの怪談を耳にしたとき、僕は仕方ないことなのかもしれないと思った」

　水谷くんは、つぶやくように言った。

「同じクラスの子がそんなふうに殺されてしまったなんて聞いたら、ショックを受けないはずがない。動揺して、怖くなって、その心のバランスを取るために怪談を作り出す――それはある意味切実な行為だ」

　噛みしめるような水谷くんの声を、僕は表情を動かさずに聞く。

　水谷くんは、よくあることなんだよ、と続けた。

「怖いからこそ、やるせないからこそ、そのままにすることができない。何とかして物語を作り出して、そこに別の文脈をつけて解釈して、少しでも落ち着かずにいられれない。──いや、そもそも怪談のどれもがそうなのかもしれない。死ぬのが怖いから、身近な人が死んでしまうのがつらいから、怪談という物語が生まれる」

その言葉は、僕には上手く飲み込むことができなかった。怪談がどう生まれるのかなんて、僕は知らない。

僕にとって大事なのは、それが川上さんの話だということだ。

現実に、僕らのそばで生きていた川上さんの身に、本当に起こったこと。

それは、物語になんかして、落ち着いたりしちゃいけないことなんだ。

僕たちは、向き合わなければならない。

自分が何をできなかったのか。そのせいで、川上さんは、どんなに痛くて怖くて辛い思いをしたのか。

それなのに、それを怪談なんてものにして、しかも肝試しをしようなんて人間を、許せるはずがない。

怖がればいい、と僕は思った。

怖がって、苦しんで、少しでも川上さんが感じていたのと同じ恐怖を味わえばいい、と。

だから僕は、黒岩くんが〈呪いの本〉だと噂されている『友だち地獄』を借りていった後、『チグハグ三人組の宇宙旅行』に〈黒岩憲悟は血まみれで死ぬ〉と書き込んだ。

黒岩くんが『ワケあり生きもの図鑑』を貸し出しカウンターに持ってきたとき、貸し出し手続きをしている振りをしながら〈あと三日〉と書いた。

　どれも、水谷くんの推理通りだ。

　だけど、一つだけ、水谷くんの推理が間違っていることがある。

〈たすけて〉〈たすけて〉〈たすけて〉〈たすけて〉〈たすけて〉——棚の本全部に書かれていた、たくさんの文字。

　僕は、あれはやっていない。

　あれは、僕も初めて目にしたのだ。

〈呪いの本〉なんてない、と思っていた。そして、少なくとも『友だち地獄』は、呪いの本なんかじゃない。

　だけど、あれは——あの文字は。

「教室に戻ろう」

　水谷くんが、小さく言った。

　僕は何も言わずに、水谷くんの後をついていく。

あの文字が何なのか、僕にはわからない。

誰か他の人間が、何らかの理由で書いたものなのか。それとも——本当に、川上さんの霊がやったことなのか。

水谷くんに話せばわかるかもしれないけれど、僕は言うつもりはなかった。

だって、それでもし、水谷くんにもわからなければ、水谷くんは神さまではなくなってしまうから。

水谷くんは、与えられた情報の中から、必ず、正しい答えを見つけ出す神さまでなければならない。

そうでなければ——あのとき、僕たちが取った行動が、間違いだったことになってしまう。

子どもが何人いたところで意味がない、と考えて、川上さんの家を離れたことが。

あのとき、水谷くんは『たしかに、それが現実的な方法かもしれない』と言った。

僕を止めて、残ろうと言ってくれなかった。

でも、それが正しかったのなら——正しいことをしたのに防げなかったのだとしたら、それは仕方ないことだったのだ。

# エピローグ　春休みの答え合わせ

校庭に落ちた桜の花びらを見下ろしながら、僕は一年前のことを思い出していた。

おばあちゃんの桜の塩漬けの瓶を落としてしまって、水谷くんに助けてもらったこと――あれから、いろんなことがあった、と思う。

図工室での出来事の謎を水谷くんが解き、それがきっかけで川上さんとゴトの計画を練ることになった。川上さんがお父さんに仕掛けた罠を水谷くんが見つけ、川上さんの計画を止めて児童相談所に通報した。川上さんがいなくなった中でも運動会は始まり、そこで水谷くんが立てた作戦が大成功した。

そして、川上さんがお父さんに殺されてしまったという噂が流れ、そこから「呪いの本」の怪談が生まれた。

その怪談で肝試しをしようとした黒岩くんを懲らしめるために、図書室の本に仕掛けをしたのは、この僕だ。水谷くんはそれも見破ったけれど——「本当の怪異」について は知らない。

なぜなら、僕が推理に必要な情報を伝えていないからだ。

しゃがみこんで花びらを拾い上げようとすると、花びらは地面に張りついていた。誰かに踏まれたのか、端が切れて、全体的に黒ずんでいる。

「水谷くん」

僕は、隣にいる水谷くんに呼びかけた。

「何？」

水谷くんは、前を向いたまま、口を開く。僕は花びらを無理やり引き剝がした。

「また、今年も桜茶作ろうか」

「またこぼしちゃったの？」

「違うけど、他に特にやることもないから」

水谷くんは、なるほど、と答えたけれど、動こうとはしない。僕も花びらを地面に落とし、口を閉ざした。

そのまま、黙って並んでタイヤに座り続ける。

来年度のクラス替えはどうなるんだろう、とぼんやり思った。

水谷くんとは、四年生と五年生で同じクラスになった。六年生でも同じクラスになる可能性はあるけど、どうなるかはわからない。

水谷くんと違うクラスになったらと思うと、憂鬱な気持ちになった。どちらにしても水谷くんは中学受験をするらしいから中学校ではバラバラになる。でも、せめて小学校の最後の一年は、今までみたいに水谷くんと過ごせたらいいなと思っていた。

僕は春休みになっても、こうして水谷くんとばかり遊んでいる。遊んでいると言っても、二人で開放中の校庭で会って話をしたりするだけだけど、それでも水谷くんがいなければもっと退屈だったはずだ。

図書室にでも行こうか、と言おうと思った。だけど、何となく黒岩くんの一件以来、水谷くんと図書室には行きづらい気もしている。

さすがにこのままではやることもないから、うちに行かない、と誘おうかと思ったときだった。

校門から飯田さんが駆け込んでくるのが見えた。飯田さんも、校庭開放を利用しに来たんだろうか、と思いかけて、あれ、と気づく。

——飯田さんは、転校したんじゃなかったっけ。

隣のクラスだから詳しくは知らないけれど、親の仕事の都合で三学期終わりに転校することになり、隣のクラスでは「お別れ会」が開かれていたはずだ。

しかも、飯田さんはなぜか僕らの方に駆け寄ってきた。

「神さま！」

「飯田さん、まだ引っ越してなかったんだ」

水谷くんも不思議に思ったのか、首を小さく傾げる。

「違うの、もう引っ越しはしたの、でも困ったことがあって」

飯田さんは動転した様子で言いながら、えーと、どう説明したらいいかな、と視線をさまよわせた。

水谷くんは口を挟まずに、辛抱強く待つ。

飯田さんは、話す順序を考えているようだったが、結局焦れたように「ユキトがいなくなっちゃったの」と続けた。

僕は「ユキト？」と訊き返す。

「あの子、まだ四歳なのに。家の鍵だって持ってないのに。どうしよう、神さま」

「落ち着いて」

ようやく水谷くんが言葉を挟んだ。

「ユキトっていうのは、君の弟？」

「うん、まだ四歳なの」

飯田さんは、たった今口にしたばかりの情報を繰り返す。

「なるほど、いなくなったっていうのは、どこかで迷子になったっていうこと？　それとも、家からいなくなっちゃったの？」

「迷子かもしれないし、家出かもしれないし」

飯田さんの話は要領を得なかった。だが、その後続けられた「……誘拐かも」という言葉にぎょっとする。

「誘拐？」

声が裏返ってしまった。

「え、身代金の要求がきたの？」

「バカ、そんなわけないじゃない！」

僕としては与えられた情報から思いついた可能性を口にしたつもりだったが、ものすごい剣幕で否定される。面食らった途端、飯田さんの顔がぐしゃりと歪(ゆが)んだ。

「どうしよう、私がいけないの。私が、手を離したりしたから……」

そのまま飯田さんはぽろぽろと大粒の涙をこぼし始める。

水谷くんが、すっと歩み寄った。

「大丈夫、まずは話を聞かせて」

飯田さんの背中をさすり、宥める口調で言う。

飯田さんは泣きじゃくりながら、話し始めた。

「あのね、こないだお別れ会をやってもらってから、すぐに引っ越したの。でも、ユキトは新しい家を嫌がっていて……幼稚園を転園しなきゃいけないのも嫌だったんだと思うんだけど、引っ越してからずっとぐずってたの。私も転校は嫌だったけど、新しいおうちでは自分の部屋ができるから、それは嬉しいなと思って……でも、私だってそう思おうとしたんだよ？　だって、決まったことなんだからしょうがないじゃない。少しでも自分が納得できるように考えるしかないから、私だって頑張って納得してたのに」

「なるほど」

僕はまだまったく状況がつかめなかったが、水谷くんはうなずく。すると飯田さんは少し安心したように、それでね、と続けた。

「ユキトが一週間経ってもぐずっているから、少しでも気持ちが晴れるようにってディズニーランドに連れて行ってあげようってことになったの。夜まで遊べるようにってパークのホテルを取って。かなりお金がかかったはずだけど、親としては罪滅ぼし的な気持ちだったんだと思うんだよね。自分たちの都合で子どもたちを友達から引き離すことになって申し訳ないって。ユキトもやっと機嫌が直って、ホテルでも『おしろみたい、みんないっしょなの？』って大喜びで、来てよかったねって話になったんだけど」

そこで飯田さんは言葉を止め、顔をしかめる。

「なのにあの子、また帰りになってぐずり始めたの。今日もディズニーに行きたい、ドナルドに会いたいって。でも、もうチケットはないんだし、帰るしかないじゃない？　また来ようねって三十分くらい説得して、それでもどうしても言うことを聞かないから、親が根負けして、じゃあおもちゃをもう一個買ってあげるからってお土産屋さんに寄ることにしたの。それで、まずユキトがカーズのおもちゃを買ってもらって、で、私もミニーのぬいぐるみを買ってもらったんだけど、そしたら今度は『ぼくもミニーちゃんがよかった』とか言い出して」

「……ああ」

僕は声を漏らした。

「何か、さすがに頭にきちゃって、いいかげんにしなよって怒ったの。『あんたがずっとぐずってるから、お父さんだってお母さんだって、頑張ってここに連れてきてくれたんだよ。いつまでも何でもわがままが通ると思ったら大間違いなんだからね』って」

そこで、再び飯田さんの顔が歪む。

「ユキトが泣き出して、私、本当にうんざりしちゃったの。どうしてこの子ばっかりわがままが許されるんだって。私だって、転校はつらいのに頑張って自分を納得させてるのに、何でこの子ばっかりって……それで、ユキトの手を離したの」

飯田さんは、悔やむように自らの手のひらを見つめ、拳を握った。

「あんたなんかもう知らない、どこでも好きなところに行ったらいいじゃんって……」

拳がブルブルと震え、その上に涙がこぼれ落ちる。

「少しは思い知ればいいと思ったの。どうせどこにも行けるはずがない、泣いているだけだって……一人になったと思ったら怖がって反省するかと思ったから、わざと置いていくふりをして、お店から出て、追いかけてくるのを待とうって」

わたし、という言葉が拙く途切れた。

「知らなかったの、あのお店にもう一つ出口があったなんて」

ようやく状況がつかめてきた。

つまり、ユキトくんはそこで迷子になってしまったのだ。

家出かもしれないし、誘拐かもしれないというのは、新しい家を嫌がっていたからどこかへ行ってしまったのかもしれないし、そのまま誰かに連れて行かれてしまった可能性もある、ということなのだろう。

だが、わからないのは、なぜそれで今、飯田さんが前の方の学校に来ているのかということだった。

「店員さんには言った？」

「すぐにお母さんに言ったよ。お母さんが店員さんに話して、館内放送とかもしてもらって……でも、全然見つからなくて」

語尾がかすれる。

「ディズニーにもう一回行きたがっていたから、一人で行ったのかもしれないって、ランドの人にも事情を話して、調べてもらったの。でも、四歳の子を一人で通したりはしていないって」

「他の家族連れと一緒にいたから、そこの子だと勘違いされたっていう可能性はない？」

それはないと思う、と飯田さんは首を振った。

「ディズニーは四歳でも入場料がかかるでしょ？　チケットがないから、入れたはずがないの。あの子は身体が大きめだから、三歳だと思われた可能性はないと思うし」

なるほど、と水谷くんは鼻に拳を当てる。

「お母さんたちはまだあっちで捜してるの。でも、もしかしたら、あの子一人で家に帰ったんじゃないかと思って」

「四歳の子が一人で？」

「あの子、電車オタクなんだよ。路線図とか、電車の種類とか、私なんかよりよっぽど詳しいの。五百メートルくらい離れていても、あのパンタグラフの形がどうだから何万系だとかわかるくらいで、ライトの位置がどうとか座席の色がどうとか、ずっとしゃべってるんだよ」

「それはすごい」

水谷くんの言葉に、飯田さんの表情がほんの少し和らいだ。

「ディズニーに行く途中もね、京葉線に乗るのは初めてだってはしゃいでて、駅名まで繰り返してたの。それ以外は、一週間前のことも『昨日』って言ったり、スーツ着てメガネかけているだけで『お父さん』って間違えたりするくらいアホなんだけど——あ、もしかして誰かをお父さんだと間違えてついてってたり……」

飯田さんが口元を手で押さえる。

「お父さんは今日スーツだったの？」

「ううん、白いトレーナー。てか、さすがに顔を見たら気づくよね。前に間違えたときも、すぐに気づいて恥ずかしそうにしてたし」

まあ、それはそうだろう。いくら四歳だといっても、他人をお父さんだと信じ込んでずっとついていくわけがない。その人だって、普通は「違うよ」と説明してあげるはずだ。

「えーと、だから、電車にだけは異様に詳しいから、家に帰ろうと思ったらできるんじゃないかって」

飯田さんは、心配しかけたことを恥ずかしがるように続けてから話を戻す。

「だけど、そこまでして家に帰ろうとするかな？　普通に考えて、迷子になったと思ったら、お店の人に言わないかな。家の鍵は持ってないんでしょ？」

僕は純粋な疑問を口にしたが、飯田さんは「前に家の近所の公園で遊んでて迷子になりかけたときに話したことがあるの。『迷子になったら、とにかく家に帰りなさい』って」と返してきた。

「だから、まず新しい方の家に帰ってみたんだけど、家の前にはいなかったの。隣の家の人に訊いても、見ていないって言われて……それで、前の家の方に行ったんじゃないかと思ってこっちに来たんだけど」

——そこにもいなかったということか。

「もう私、どうしたらいいかわからなくて、先生に相談しようと思って学校に来てみたんだけど、そしたら神さまが見えたから、神さまなら何とかしてくれるんじゃないかと思って」

飯田さんは、すがるような目を水谷くんへ向けた。だが、さすがにこれで水谷くんが何とかするのは無理だろう。

まずはとにかく現場へ行け、をモットーにしている水谷くんが現場にも行っていないし、そもそも情報が足りなすぎる。

すると、水谷くんは「スマホは持っている？」と尋ねた。

「あ、うん」

飯田さんがアタフタとポシェットからスマホを取り出して水谷くんに渡す。水谷くんはインターネットで何かを調べ始めた。

「何を調べているの？」

飯田さんが戸惑った声を上げたが、水谷くんは答えない。僕は、たぶん何か考えがあるんだよ、と飯田さんに語りかけた。

水谷くんはどこかに電話をかけ、大人びた口調で状況を説明していく。

僕と飯田さんは顔を見合わせた。

――どこにかけているんだろう。

水谷くんが電話を切り、飯田さんに顔を向ける。

「ユキトくん、いたよ」

「え？」

飯田さんが、素っ頓狂（とんきょう）な声を上げた。

「どこに？」

「ホテル」

――ホテル？

どうしてまた、そんなところに。

「とりあえずお母さんに連絡してあげたら？」

水谷くんは言いながら飯田さんに携帯を返す。

飯田さんは狐につままれたような顔をしながら、電話をかけ始めた。

僕は、飯田さんが電話を切るのを待ってから、

「……どうして」

と声を絞り出す。

「何で、水谷くん、わかったの？」

「『迷子になったら、家に帰る』――ユキトくんは、お姉ちゃんのその教えを守ったんじゃないかと思ったんだ」

「でも、ユキトくんは家じゃなくてホテルにいたんだよね？」

ああ、と水谷くんがうなずいた。

「何で、家じゃなくてホテルなの？」

「事実を元にして考えていたからいけなかったんだ」

水谷くんは人差し指を立てる。

「飯田さんたちは新しい家に引っ越して、そのすぐ後、ディズニーランドで遊ぶためにホテルに一泊した。それは客観的な事実だけど、そこから考えているんじゃ答えは見えてこないんだよ」

「どういうこと？」

「ユキトくんの視点から考えるんだ。ユキトくんは、引っ越しによって『家が変わることもある』と知ったばかりだった。そこに、今度は、ホテルに泊まることになった」

指を下ろし、「飯田さんは『新しいおうちでは自分の部屋ができる』と言っていたよね」と続けた。

「そして、ユキトくんはホテルに着いて『おしろみたい、みんないっしょなの？』と喜んでいた。さらに、ユキトくんは電車のこと以外は勘違いすることも多くて、一週間前のことも『昨日』と言ったり、スーツを着てメガネをかけているだけで『お父さん』と間違えたりしていた」

そこで一度言葉を止め、息を吸い込む。

「それで、思ったんだ。ユキトくんは、ホテルをさらに新しい家だと勘違いしたんじゃないかって」

「ホテルを……？」

「みんなが別々の部屋になった新しい家を嫌がっていたユキトくんは、こう考えたんじゃないか。――みんなが一緒の家に、また引っ越してくれたんだ」

飯田さんを校門の前で見送った後、すごいね、という言葉が自然に漏れた。

「水谷くんは、やっぱり神さまだ」

「神さまなんかじゃないよ」

水谷くんが、小さく首を振る。

もう何度も聞いたセリフだった。

水谷くんは、崇(あが)められるたびにこうやって否定する。そう言えば、元々は神さまではなく、名探偵と呼ばれたがっていたはずだ。

もちろん、名探偵だとも思う。だけど、それでもやっぱり、水谷くんには「神さま」という方がしっくり来るのだ。

同い年の小学生なんかじゃ全然ないみたいで、推理をしない赤ちゃんだった頃なんかなかったみたいな、水谷くん。

「水谷くんは何でもわかるし、慌てたり落ち込んだり怒ったりもしないじゃないか」

僕がそう言った瞬間だった。

「何でもわかるわけじゃないし、怒ってるよ」

水谷くんの返事に、ぎくりとする。

——怒ってる？

水谷くんの表情はまったく変わっていなかった。いつも通り淡々としていて、今だっていつもみたいに完璧(かんぺき)に推理をしてみせたばかりだ。

「……何に怒ってるの？」

水谷くんは、答えなかった。ただ、僕を真っ直(す)ぐに見る。

――僕？

一瞬驚いたけれど、すぐに腑に落ちる気もした。考えてみれば、僕は黒岩くんの一件では「犯人」だったのだ。

水谷くんはそれを見抜いて、でも、一度も僕を責めなかった。それどころか黒岩くんからかばってくれたというのに、僕は、ごめんねも、ありがとうも言っていない。

「……ごめん」

「それは、何に謝っているの？」

水谷くんの口調は静かだった。だけど、問いかけるというよりも叱るような響きを感じて、身がすくむ。

「だって……僕が、悪いことをしたから」

「そうじゃないよ」

水谷くんは、どこか疲れたように言った。

「僕が問題にしているのは君がやったことじゃなくて、やっていないことだ」

「……やっていないこと？」

「君は、僕に推理に必要な情報を話さなかったね」

耳の裏が熱くなる。

――バレていたんだ。

黒岩くんが目にした「落書き」のうち、最後の〈たすけて〉だけは、僕が書いたものではないこと。

たしかに、僕は水谷くんに言わなかった。

だって、もし、すべてを話した上で水谷くんが推理できなかったら、水谷くんは神さまではなくなってしまうから。

「君は」

水谷くんの声が一段低くなる。

「僕のことを神さまだと言うけれど、本当は僕のことを信じてなんかいないよね」

「え？」

声が裏返った。

何を言っているんだろう。こんなに信じているというのに。水谷くんは神さまだと、僕は本当に思っている。

「信じているよ。神さまだと思うから……」

「神さまだなんて強い言葉を使って無理矢理信じようとすることは、疑っているということなんだよ」

水谷くんが、僕の言葉を遮った。

「そんな……」

その先が言葉にならなかった。否定しなければ、と思うのに、何をどう言えばいいのかわからない。

「僕は、前よりもずっと水谷くんのことを信じているよ」

それでもとにかく、そう言った。

「すごいと思っているし、水谷くんはいつも正しいと思っている」

「それがおかしいんだよ」

水谷くんの顔が、微かに歪んだ。

僕は、その初めて見る表情に、何も言えなくなる。

「ちゃんと思い出すんだ。僕はそんなにいつも正しかったか？　そうじゃないだろう。アーモンドの花を桜の花だと間違えて、君のおじいさんを苦しめてしまった。ゴトの計画を立てたときにも、時計の近くに磁石を置いておいたら狂ってしまうこともあると知っていたのに、それで起こり得る事態を予測できなかった。あの〈たすけて〉という言葉が君が書いたものじゃないということも、今さっきまで気づけなかった」

「……今さっき気づいたの？」

「そうだよ」

水谷くんは、顔を伏せる。

「今さっき、飯田さんの話を聞いていて気づいたんだ」

僕はひと月前こんなふうに推理した、と言って続けた。

「黒岩くんは何気なく本棚を選んだつもりだったけど、本当はさりげなく選ばされていたんだ。あのとき、黒岩くんは疑心暗鬼になっていた。これは本当に呪いなのか、それとも誰かが自分を怖がらせるためにいたずらでやっていることなのか――目をつむって手に取る、という案を考えたときに、不安としてあったのは、誰かにわざと渡されるんじゃないかということだった。黒岩くん自身も言っていたことだよ。『誰かが俺にわざと手に取らせることもできないように、誰もいない本棚で』――そして、誰もいない本棚を作るのは、人間にできないことじゃなかった」

自分の言葉を完全に覚えているのだ、ということにまず驚く。

水谷くんはため息をついた。

「よく考えてみれば、この推理はおかしいんだよ。たしかに黒岩くんは誰もいない本棚を選ぼうとしてあの棚に行ったわけだけど、そもそも黒岩くんが誰もいない本棚を選ぼうとすること自体を予想するのが難しかったんだから。そんな不測の事態を想定してトリックを作ったというのは不自然すぎる。黒岩くんが誰もいない本棚を選ぼうとした、という事実を元にして考えていたからいけなかったんだ」

　さっき、飯田さんに向けて言ったのと同じ言葉を強調するように繰り返す。

「あれが、君が黒岩くんに仕掛けたトリックではないとしたら、君は、あのときの僕の推理を聞いた時点でその間違いに気づいていたということになる。なのに、君は僕にそれを話さなかった」

　水谷くんの鋭い目が僕を射貫(ぬ)いた。

「君は、僕が正しいと思いたかった。だから、都合が悪いことは全部なかったことにすることにしたんだ」

「そんなこと……」

「ねえ、知ってる？」

　水谷くんが、顔を図書室の方へ向けた。

「こないだ読んだ本に書いてあったんだけど、昔、ドイツではナチスと呼ばれる人たちがいて、たくさんのユダヤ人を殺したらしい」

　それは、僕も何となく知っている。図書だよりで『アンネの日記』という本が紹介されていたからだ。

だけど、なぜ、今そんな話を水谷くんが始めたのかがわからない。

「ユダヤ人は劣った民族だから殺してもいい、殺して絶滅させた方が世界のためなんだ、というナチスの思想に、多くの人が取り憑かれていったらしい。——もちろん、そんなことは信じていないのに逆らえなくて従った人もいただろう。いや、むしろ最初は中枢部の人たちも信じていなかったんじゃないかと思うんだよ。だけど、それでも、虐殺は行われた。最初は少しずつ殺していたのが、どんどん殺すスピードが上がって、最後にはまとめて毒ガスで殺すようなことまでして、信じられないくらいたくさんの人が死んだ」

水谷くんはまつげを震わせるように伏せる。

「どうして、そんなことが起こるんだろうって、僕は全然わからなかった。中には殺したりなんかしたくないという人もいたはずなのに、むしろそういう人の方が多かったはずなのに、どうして流れは止まるどころか加速していってしまったのか。わからないからいろんな本を読んで、ある本のある文章を見たとき、ハッとした」

そこで、再び僕を見た。

「殺したりなんかしたくなかったから、たくさん殺すことになったんだ」

——殺したりなんかしたくなかったから、たくさん殺すことになった？

僕は、水谷くんの言葉をそのまま脳裏でなぞる。でも、意味がわからなかった。そんなの、完全に矛盾している。

「殺したりなんかしたくないのに、命令されて仕方なく殺してしまった人は、その瞬間、後にはもう引けなくなったんだ。死んだ人は決して生き返らない。もう取り返しがつかない。これで、ナチスの考えが間違いだったことになれば、自分は間違ったことをしたということになってしまう」

僕は、小さく息を呑んだ。

「間違ったことをしていると思っていたからこそ、罪悪感に苛まれていたからこそ、それを否定してくれる理屈にしがみついたんだ。自分がやったことは正しい。自分は間違ってなんかいない。それを補強してくれる言葉や出来事だけに目を向けて、それ以外のものはなかったことにした」

そんなはずはない、と思おうとする。

そんな話と、僕は、全然違うのだと。

だけど、僕は、他でもない自分自身が考えた言葉を思い出していた。

――水谷くんは、与えられた情報の中から、必ず、正しい答えを見つけ出す神さまでなければならない。

そうでなければ——あのとき、僕たちが取った行動が、間違いだったことになってしまう。

子どもが何人いたところで意味がない、と考えて、川上さんの家を離れたことが。

あのとき、水谷くんは『たしかに、それが現実的な方法かもしれない』と言った。

僕を止めて、残ろうと言ってくれなかった。

でも、それが正しかったのなら——正しいことをしたのに防げなかったのだとしたら、それは仕方ないことだったのだ。


「だって」

吐き出す声が震えた。

「川上さんは、死んでしまったんだ。僕たちが違う方法を取っていたら、死んだりすることもなかったかもしれないのに」

そうだったのだ、と思った。

僕はずっと、後悔していた。

だからこそ、それを認めたくなかったのだ。

水谷くんが、長く息を吐く。

「やっぱり、そうか」

何だかすごく疲れたような顔をして、「君は大きな思い違いをしているよ」と言った。

「川上さんは死んでなんかいない」

「え？」

「冷静に、常識的に考えればわかることだよ。子どもが虐待死したら、ニュースにならないわけがない。先生だって、死んだのに『転校した』なんて言うわけがないだろう」

「でも……じゃあ、あの噂は」

「ただ、川上さんの家の前に救急車とパトカーが停まっていたことから勝手に想像されただけの噂だよ。川上さんは、きちんと施設で保護されている。――ああ、そうか。やっぱりきちんと話すべきだったな」

――どういうことだ？

「君が嘘の噂だと気づいていないことを僕はわかっていなかったんだ。これも、僕のミスだよ」

ごめん、と続けられる声がくぐもって聞こえる。

川上さんは死んでいない？

でも、家の前には救急車とパトカーが停まっていた。

与えられたばかりの情報が、頭の中をぐるぐると乱反射する。

しばらくして、ハッと顔を上げた。

「川上さん、怪我したの？」

救急車というのは、お父さんに暴力を振るわれて大怪我をした川上さんを運ぶためのものだったのではないか。

「大怪我をして救急車に乗ったのは、川上さんじゃなくて父親だよ」

「え？」

「川上さんの父親は、あの外階段から落ちたんだ」

ガン、と強く殴られたような衝撃が走った。

あの外階段──川上さんが、お父さんを殺そうと、仕掛けを作っていたあの手すり。

「……もしかして、川上さんが」

だけど、水谷くんは首を振った。

「あの絵は、使っていない」

「だったら……」

「いいか、川上さんは何もしていないんだ」

水谷くんは、説き伏せるように言った。

「あの日、僕は君の家を出た後、川上さんの家に戻った。川上さんは親戚のおばさんに相談してみると言っていたし、児童相談所にも通報はしたけれど、それじゃ間に合わないかもしれないと思ったからだ。とにかく、せめてお父さんが帰ってくるまでは誰かがいた方がいいだろうと思ったんだ」

あのとき、水谷くんは『少なくとも今晩だけでも家から離れた方がいい』と川上さんを説得していた。それに川上さんがうなずかずにいると、『それならせめて僕が一緒にいる』と言い出した。

その二人の会話を遮って『やっぱり児童相談所に通報した方がいい』と主張したのは、僕だ。

『子どもが何人いたって、きっと意味がないよ』

僕の言葉に、川上さんは何も言わなかった。水谷くんは、『たしかに、それが現実的な方法かもしれない』と答えた。

だけど、あの後、水谷くんは川上さんの家へ戻っていたのだ。

「戻ってみると、手すりには、外したはずのあの絵が貼ってあった」

「そんな……」

あの日、水谷くんは絵を剝がし、『これを使うのはダメだ』と言った。

『こんなことに絵を使ったら、きっともう川上さんは絵が描けなくなる』

その言葉に、川上さんは涙を流したはずだった。

初めて目にする川上さんの涙に、水谷くんの声が届いたんだ、と思った。

水谷くんだって、言っていたはずだ。

『少なくとも、もうあの方法を使うことはないんじゃないかな』と。

なのに、どうして――

「僕は見誤っていたんだ」

水谷くんは、低い声で言った。

「川上さんが、自分の夢を台なしにしてまで、お父さんを殺そうとしたりするわけがない。そう思って、その点については安心してしまった。――でも」

水谷くんの声が、微かにかすれる。

「川上さんの恐怖と絶望は、夢なんかじゃかき消せないほどのものだった」

どん、どん、と心拍数が上がっていく。

「川上さんは、このままだと殺されてしまうかもしれないと言っていた。次は、次は私だって」

「次はって……」

「飼っていた猫が殺されたんだ」

全身が一気に冷たくなった。

脳裏に、川上さんの家で見た猫じゃらしが蘇る。

あのとき僕は、川上さんに『猫飼ってるの？』と尋ねた。そして川上さんは、それに答えなかった。

「川上さんの父親は、猫の去勢手術をしなかった。男なのにかわいそうだって――それで、猫は家の中でマーキングをするようになった」

「マーキング？」

「おしっこだよ」

あ、という声が漏れる。

僕は川上さんの家で、こう感じたはずだ。

――動物園みたいな、獣臭い、汗とおしっこと埃が混ざったような臭いがする。

「去勢していないオスならば当然の行動なんだ。縄張りを主張するのも繁殖期にメスをおびき寄せようとするのも、本能なんだから。これは躾でどうにかできる話じゃないし、無理やりやめさせようとしても猫にとっては苦痛なだけだ。――だけど、あの父親は、猫がおしっこをするたびに、怒鳴って、殴った」

僕は、震える指先を呆然(ぼうぜん)と見下ろす。

おじいちゃんの家で抱き上げた仔猫(こねこ)。

柔らかくて、軽くて、温かくて、骨なんて一本もないようなくにゃくにゃの背中が動くたびに、ふかふかの毛が手のひらをくすぐった。

キラキラした目で見つめられただけで胸が一杯になって、何てかわいいんだろう、と心の底から思った。

「どっちがかわいそうなの、と川上さんは言っていたよ。怒鳴られたり殴られたりするくらいなら、去勢手術された方がよっぽどいいのにって」

水谷くんの声が、低くなる。

「川上さんは親戚のおばさんに相談してみると言っていたけど、あれは僕らを安心させるための方便だったんだ。本当はもうとっくに相談していて、だけど、状況は何も変わらなかった。——いや、むしろ悪くなったと川上さんは言っていた。絶対に、あの人は私を逃がさない。どこまでも追いかけてきて、それでもっとひどいことが起こる。助けてなんて言えば言うほど、一人ぼっちになるって」

〈たすけて〉

助けてなんて言えば言うほど、一人ぼっちになる——

ないと考えた。

図書室の本に書かれた文字を見たとき、僕は、川上さんに恨まれているのかもしれ

自分はこれから殺されるのだと知りながら、助けを求める言葉を必死に飲み込んで、

ただひたすら恐怖に耐えていたのではないかと。

関わりたくない、逃げ出したい、という僕の気持ちを見透かして、だから、喉の奥にまでこみ上げてくる言葉を、口にしなかったのだと。

だけど、川上さんはもう、助けを求めようとさえ考えていなかった。

「児童相談所に通報したっていう話なんかじゃ、川上さんを安心させることはできなかった。――だから、僕は川上さんに言ったんだ。『この方法じゃ、本当に実現するのか、いつ実現するのかもわからないよ。もし本当に殺したいのなら、もっと確実な方法を取った方がいい』って」

身体の内側が冷たくなるのがわかった。

あの日、川上さんに向かって水谷くんは『殺していいよ』と言っていた。

『そんなやつは死んじゃえばいい』

そのとき感じた恐怖が、さらに大きくなって戻ってくる。

「それで……」

問いかける声が震えた。

だが、水谷くんは首を横に振る。

「川上さんは、直接手を下すことを嫌がっていたんだ。いくら可能性が低かろうと、ああいう、運を天に任せるような方法を取りたがっていた」

「それは……直接何かするのが怖いから？」

「それもあっただろう。でも、それだけじゃない」

水谷くんの瞳が、わずかに揺れる。

「そこまで追い詰められていてもなお、川上さんは迷っていたんだ。本当に殺したりしていいんだろうか。あの人が怒るのは私が悪いからじゃないか。優しいときだってあるし、父親がいたから自分は今まで生きてこられたのに——父親に投げつけられた言葉を、どこかで信じているみたいだった」

「そんな……ひどいことをされたのに」

「川上さんは、父親を憎むよりももっと自分を憎んでいるみたいだった。私なんかがいるから大変なんだ、私のせいでおかしくなっちゃうんだ、本当は死ぬべきなのは私なんだって」

水谷くんは、目を伏せ、川上さんは、と続ける。

「猫が殴り殺されたとき、そばにいたんだ」

拳が、握りしめられる。

「ふざけんじゃねえよ、このバカ猫が、何度言ったらわかるんだよ、くせえんだよ、殺すぞてめえ——怒鳴りながら、猫の頭をつかんでおしっこの中に押しつけて、何度も殴る父親のそばで、川上さんは目と耳を塞いでいた。やめてほしい、早く終わってほしい——でも、あの子が殴られている間は、私は殴られないで済む」

僕は、ぎゅっと目をつむった。

「あの子を殺したのは私も同じだって、川上さんは言っていた。違う、そんなことは絶対にない、悪いのもおかしいのも全部父親で、君は何も悪くないって言っても、川上さんには届かなかった」

まぶたの裏に、川上さんが描いた猫の絵が浮かぶ。

フワフワで、愛らしくて、今にも動き出しそうだったかわいい猫。

川上さんは、きっとその猫のことが大好きだったんだろう。何てかわいいんだろう、ときっと見るたびに思っていたんだろう。

そうでなければ、あんな絵が描けるはずがない。

それなのに、その子が目の前で殺されていくのに、どうすることもできなかった。

あの子が殴られている間は、私は殴られないで済む——そう考えてしまったという川上さんを、誰が責められるだろう。

でも、他でもない川上さん自身が、ずっと責め続けているのだ。

「だから僕は、こう言ったんだよ。『神さまに決めてもらおう』って」

——神さま。

「この神さまは僕のことなんかじゃないよ。本物の、天の神さまのことだ。神さまに、残るべき人間を決めてもらおう、もしそれで父親が死んだのなら、それは神さまが決めたことだって——それで、上手くいくかもしれないしいかないかもしれない、運に任せるような方法を選ぶことになった」

「……それが、たまたま上手くいったってこと？」

「たまたまではあるけれど、それだけじゃないよ。僕は、もし偶然に任せたいのだとしても、その確率を上げることくらいは許されるんじゃないかと話した」

重要なのは、どうすれば川上さんが罪悪感に苛まれずに済むのかということだった、と水谷くんは続けた。

「法律的な話で言えば、どんな方法を採ったとしても、川上さんが罪に問われることはないだろう。正当防衛だし、そもそも川上さんは十一歳だ。だけど、あの絵を使った仕掛けのように、川上さんが意図的に、積極的に父親を殺すための行動を取って、その結果父親が死んだら、川上さんは罪悪感に苦しみ続けることになってしまう」

だから、と視線を僕に戻す。

「僕たちは、『何もしない』ことにしたんだ」

手すりが壊れていることを言わない。泥がついて滑りやすくなっている階段を掃除しない。薬を薬箱に片づけない。転がった瓶を戻さない――水谷くんが、ない、ないうところを強調するように言いながら、一つ一つ指を折って数え上げていく。

「あの日、あの家にはいろんなところに危険があった。だけど、それはわざとやったことじゃない。全部、川上さんの意図や行為とは関係なく、既にそこにあったものだったんだ。ただ一つ、あの日に川上さんがやったのは、父親から逃げたことだけ」

水谷くんが、言葉を止め、息を吸い込んだ。

「玄関から父親が帰ってきて、階段を上がる音が聞こえてきたら、勝手口から外階段へ逃げる――そうすれば、父親は追いかけてくるだろう。『絶対に、あの人は私を逃がさない。どこまでも追いかけて』くるんだから」

それは、あの日川上さんから聞いた言葉だった。

川上さんは何もしていない――その言葉の意味が、やっと理解されてくる。

「佐土原くん」

水谷くんが、僕の名前を呼んだ。

「僕は、君に怒っているんじゃない。自分に怒っているんだ。川上さんのことで、君を責めるつもりもない。あのときの君の判断は、現実的で妥当なものだったと、今も思っている」

水谷くんの目が微かに細められる。

「子どもは、大人を頼っていいんだよ」

柔らかく、けれど切実な声だった。

「あのとき、僕は川上さんの家の前で、すべてを見ていた。たまたま川上さんの父親は狙い通りに階段から落ちたけど、もし普通に階段を駆け下りて川上さんが捕まってしまっていたら、大変なことになっていたかもしれない」

水谷くんの喉が、小さく上下する。

「僕は、川上さんに『逃げろ』と言った。とにかく、父親が帰ってきたら、外階段から逃げるんだ、下には僕がいるから、そこまで決して後ろを振り向かずに走れ——でも、川上さんは、父親が階段から落ちたとき、後ろを振り返って足を止めた」

まつげが伏せられ、ほんの少し震えた。

そこに、水谷くんの様々な感情が込められているのを感じる。

その瞬間、川上さんは何を思ったのだろう。その川上さんの後ろ姿を見て、水谷くんは何を考えたのだろう。

「どうしてここにいるの、と君のお母さんには怒られたよ」

水谷くんは、声のトーンを変えて言った。

「お母さんが？」

「家に帰ったんじゃなかったの、こんなところに一人で来るなんて、何かあったらどうするのって――ごめんなさい、と謝ってもいたな。本当なら大人が何とかしなきゃいけないことなのにって」

――ああ、そうだ。

考えてみれば、水谷くんがあの日川上さんの家に戻っていたということは、僕の両親とも鉢合わせしていたということになるのだ。

「次に君に会ったとき、君はあの日あったことを何も知らなかった。なるほど、君のお母さんたちはそうすることにしたんだと思ったよ。だから、僕も君にあの日のことは話さないことにした」

鼻の奥が鋭く痛んだ。視界がぶれ、涙がこぼれ落ちてしまわないように唇を強く噛(か)

む。

あのとき、水谷くんが一緒に川上さんの家に戻ろうと言ってくれていたら、と考えようとした。だけど、もう僕はわかってしまっている。

たとえそれで水谷くんについて行っていたとしても、僕はどこかのタイミングで逃げ出していただろう。

水谷くんは、僕の判断は現実的で妥当なものだったと言ってくれた。

だけど、僕は知っているのだ。

自分は、ただ逃げたかっただけなのだと。

逃げるために、それらしい正論を後からつけ足しただけなのだと。

——でも、水谷くんにそう言えば、きっと、逃げていいんだよ、と言われるだろう。

それでいいんだ、子どもなんだから、と。

なのに、同じように子どもであるはずの水谷くん自身は、逃げないのだ。

どれだけ怖くても、後悔を抱き続けることになっても、それでも向き合い続ける。

「あの〈たすけて〉という言葉は、誰が書いたものなのか」

水谷くんの話は、そこに戻っていた。

「現時点では、可能性を絞り込むことはできない。少なくとも、君がやったことではなく、川上さんの霊がやったことでもないのは確かだけど、真相にたどり着くには情報が足りなすぎるからだ」

　再び図書室の方へ顔を向け、歩き始める。

「どこに行くの？」

　僕は、動けないまま、尋ねた。

「調べるんだよ」

　水谷くんは短く言う。

「あれが霊が起こした怪異なのか――それとも、誰か生きた人間が助けを求めているのか」

　鼻の下をこすりながら進んでいく水谷くんを見て、推理するつもりなんだ、と僕はわかった。

　水谷くんは、情報を集めて、真相を探る。もし、実際に助けを求めている子がいるのなら、その子を助けるために。

　僕はつま先を浮かし、けれどそこで動きを止める。

　もう、これまでのようについていくことはできなかった。

　それは、水谷くんがいつも正しい神さまではないからじゃない。

水谷くんが、何度間違えようとも、それによって後悔を背負うことになろうとも、決して前に進むことをやめないからだ。

僕は、ようやく気づく。

誰かの謎に挑み、解決策を提示することは、誰かの人生を背負うということなのだと。

その人の人生に関わり、結果に対して責任を負う。

批判も、後悔も、葛藤（かっとう）も、全部一身に受け止める。

水谷くんの隣にいたかった。水谷くんが、あの日、川上さんのそばに居続けたように。

——だけど、僕にはまだ、誰かの人生を背負うことなんてできない。

僕は、後ろを振り向かずに進み続ける水谷くんの背中を、立ち尽くしたまま見つめる。

せめて、目はつむらずに。

参考図書

『戦争における「人殺し」の心理学』（デーヴ・グロスマン著、安原和見訳／ちくま学芸文庫）

191ページで言及された『小説なかよしホラー　絶叫ライブラリー　友だち地獄』（森川成美、黒戸まち他）は講談社KK文庫より発売されています。

# 解説

吉田伸子（書評家）

2020年8月、本書の元版が刊行された時、帯コピーの秀逸さに唸ったことを今でも覚えている。

「あなたは後悔するかもしれない。第一話で読むのをやめればよかった、と。」

このコピーを考えた編集者は凄い！　こんなコピーを目にして、素通りできる活字中毒者がいようか。この本を手に取らないでいられる読書好きがいようか。否。かつて編集者として、本の帯コピーを悩みに悩んで考えていた身にとっては、羨望を覚えるほどのものだった。

こんなコピーは、本の中身に絶対の自信がなければ書けるものではない。そして、何よりも凄いのは、実際に本書を読んだ読者が、こう思うことだ。買って良かった、と。読んで良かった、と。

前置きはこれぐらいにして、肝心の本書の内容に移る。本書は四話＋エピローグからなる連作集だ。春に始まり、季節を一巡りして、春で終わる。物語の語り手は、小学五年生の「僕」だ。

第一話は、桜の塩漬けの瓶を「僕」が落としてしまう場面から始まる。それは前年の夏に心臓発作で急逝した祖母が、祖父のために作り置いていたものだった。毎年、桜茶を飲むのを楽しみにしていた祖父。どうしよう、とうろたえる「僕」の頭に浮かんだのは、みんなから「神さま」と呼ばれている水谷(みずたに)くんだった。

そもそも「僕」は、水谷くんと見つけた捨て猫に牛乳をあげようと、祖父の家に取りに行ったのだ。水谷くんは捨て猫と一緒に「僕」を待っている。さぁ、ここから、「神さま」水谷くんが、どうやって〝ダメになった桜の塩漬け問題〟を解決していくのか。

芦沢(あしざわ)さんが凄いのは、こんな短い物語の中に、ちゃんと「謎」と「謎解き」を盛り込んで、きっちりとミステリにしているところだ。それも、思わず、あ！　と思ってしまうような。

以降の話でも、真ん中にあるのは「謎」で、「謎解き」をするのは水谷くんなのだが、「僕」が祖父を思い遣(や)る気持ちに、ほんわりとした温(ぬく)もりを感じていると、第二話ではいきなりヘビーな展開が待ち受けている。「僕」と水谷くんの同級生である川(かわ)

上さんという女子の登場で、一気に物語の重みが増すのだ。

第二話で描かれるのは、「神さま」である水谷くんの〝限界〟だ。「山野さんのリコーダーがなくなったときも、クラスで飼っていたハムスターがかごから逃げ出してしまったときも、学芸会のためにみんなで作った幕が汚されていたときも」、「真相を推理して解決してきた」水谷くんでさえ、力が及ばないことが描かれる。

何故なら、いくら洞察力に優れた水谷くんといえど、彼はまだ小学五年生なのだ。社会的には子どもであり、そして子どもの力が及ばないことは、沢山ある。「僕」が気づけなかった川上さんの苦しみを見抜き、そしてその原因に一時的に対処する方法を考えつくことはできても、根本的に原因を取り除くことは、子どもである水谷くんには無理なのだ。

　水谷くんが解決できない現実が描かれた第二話に続く第三話では、再び水谷くんの「神さま」ぶりが描かれ、第二話のヘビーさが和らいだのも束の間、ラスト、転校してしまった川上さんのその後が明らかになることで、読者はまた重いものを受け取ることに。この、第一話、第二話から第三話へ至る流れの巧みさたるや！

　第四話は、その第三話のラストを受けた話になっているのだが、ここで、ようやく本書の全貌が見えて来る。本書の核にあるのは、「僕」と水谷くんの関係の変化であり、「僕」の精神的な成長の過程なのだ、と。

　それまでは、ただただ「神さま」水谷くんの凄さに感動していた「僕」。それは〝傍観者〟としてのものだった。けれど、この第四話で、「僕」は初めて主体的に動く。もちろん、そんな「僕」のことは、水谷くんはすっかりお見通しなのだが、ここで重要なことは、「僕」がこれまで絶対視していた、水谷くん＝神さまという図式が、揺らぐことだ。第一話から第三話まで、少しずつコップの縁から盛り上がっていた水が、第四話にきて、とうとう零れ落ちる。その瞬間が鮮やかに描かれている。

　この流れからのエピローグは、第一話から一年後の春だ。ここで描かれるのは、三学期の終わりに転校していった隣のクラスの女子から持ちかけられた相談——四歳の弟が行方不明になっている——を鮮やかに解決する水谷くんだ。水谷くんは第一話から一貫して水谷くんで、今回もそのまま終わるかと思いきや、さにあらず。ここに来て、芦沢さんは「僕」と水谷くんを、きっちりと向き合わせるのだ。読んでいて、うわ、と思わず声が出そうになる。

　それまでさりげなく描かれていた「僕」のキャラが、ここでぐっと意味を持つ。「僕」は心の優しい男子ではあるけれど、はっきり言ってしまえば「陰キャ」なのだ。みんなから「神さま」と呼ばれ、常に頼りにされている水谷くんとは、まず立ち位置が違う。そもそも、小学五年生の男子で運動が苦手というのは、これはもうそれだけで大きなハンデだ。あと、微妙に計算高いこと。それは、第三話で「僕」が自身のことを、「結局のところ、僕は強い子に認められたいのだ。力がある子に仲間として扱われたい」と自己分析していることからもわかる。

そんな「僕」がどうして水谷くんと一緒に行動しているのかといえば、水谷くんが「僕」を拒まない――おそらく水谷くんは誰のことも拒まない――からだし、水谷くんから離れてしまうことは、「ぼっち」になってしまうことでもあるからだ。

もうね、このエピローグが刺さる、刺さる。「僕」に向けられた水谷くんの言葉は、大人の私たちにも、ぐさぐさくる。

「殺したりなんかしたくなかったから、たくさん殺すことになったんだ」

これは、ナチスについて水谷くんが語った言葉だ。この言葉は、こんなふうに続けられる。

「殺したりなんかしたくないのに、命令されて仕方なく殺してしまった人は、その瞬間、後にはもう引けなくなったんだ。死んだ人は決して生き返らない。もう取り返しがつかない。これで、ナチスの考えが間違いだったことになれば、自分は間違ったことをしたということになってしまう」

「間違ったことをしていると思っていたからこそ、罪悪感に苛まれていたからこそ、それを否定してくれる理屈にしがみついたんだ」

たとえば、「殺す」を「いじめる」に置き換えてみると、より具体的にイメージできるのでは、と思う。

水谷くんからこの言葉を向けられて、「僕」は自分を振り返る。そして、自分の弱さを自覚する。そこで初めて気づくのだ。水谷くんの〝覚悟〟に。今の自分には持ちようのない〝覚悟〟に。

このエピローグは切ない。でも、切ないだけではない。自分の弱さを受け入れた「僕」に対して、でも大丈夫、君はまだ子どもなだけなんだから、これからだよ。君は、周りの子よりも強くなったんだから、大丈夫。という作者の声が聞こえてくるように思うのだ。そして、そう思うのは私だけではないはず。そう、本書は優れたミステリであると同時に、「僕」の成長の物語でもあるのだ。そこがいい。そこが本当にいい。

個人的には、水谷くんがどんな青年になるのかも気になるところだ。大学生になった水谷くんが、ミス研に入部して……などと、私は勝手に妄想を膨らませている。

本書は、二〇二〇年八月に小社より刊行された
単行本を加筆修正のうえ、文庫化したものです。

# 僕(ぼく)の神(かみ)さま

芦沢(あしざわ) 央(よう)

令和6年 2月25日　初版発行

発行者●山下直久

発行●株式会社KADOKAWA
〒102-8177　東京都千代田区富士見2-13-3
電話　0570-002-301（ナビダイヤル）

角川文庫 24029

印刷所●株式会社暁印刷
製本所●本間製本株式会社

表紙画●和田三造


ISBN 978-4-04-114378-0　C0193

◇◇◇

# 角川文庫発刊に際して

角川源義

第二次世界大戦の敗北は、軍事力の敗北であった以上に、私たちの若い文化力の敗退であった。私たちの文化が戦争に対して如何に無力であり、単なるあだ花に過ぎなかったかを、私たちは身を以て体験し痛感した。西洋近代文化の摂取にとって、明治以後八十年の歳月は決して短かすぎたとは言えない。にもかかわらず、近代文化の伝統を確立し、自由な批判と柔軟な良識に富む文化層として自らを形成することに私たちは失敗して来た。そしてこれは、各層への文化の普及滲透を任務とする出版人の責任でもあった。

一九四五年以来、私たちは再び振出しに戻り、第一歩から踏み出すことを余儀なくされた。これは大きな不幸ではあるが、反面、これまでの混沌・未熟・歪曲の中にあった我が国の文化に秩序と確たる基礎を齎らすためには絶好の機会でもある。角川書店は、このような祖国の文化的危機にあたり、微力をも顧みず再建の礎石たるべき抱負と決意とをもって出発したが、ここに創立以来の念願を果すべく角川文庫を発刊する。これまで刊行されたあらゆる全集叢書文庫類の長所と短所とを検討し、古今東西の不朽の典籍を、良心的編集のもとに、廉価に、そして書架にふさわしい美本として、多くのひとびとに提供しようとする。しかし私たちは徒らに百科全書的な知識のジレッタントを作ることを目的とせず、あくまで祖国の文化に秩序と再建への道を示し、この文庫を角川書店の栄ある事業として、今後永久に継続発展せしめ、学芸と教養との殿堂として大成せんことを期したい。多くの読書子の愛情ある忠言と支持とによって、この希望と抱負とを完遂せしめられんことを願う。

一九四九年五月三日